KB116470

단지 흑인이라서,
다른 이유는 없다

단지 흑인이라서,
다른 이유는 없다

제임스 볼드윈 지음 박다솜 옮김

THE FIRE NEXT TIME
by JAMES BALDWIN

이 책은 실로 꿰매어 제본하는 정통적인 사철 방식으로 만들어졌습니다.
사철 방식으로 제본된 책은 오랫동안 보관해도 손상되지 않습니다.

제임스

제임스

루크 제임스에게.

신이 노아에게 증표로 무지개를 보이며 가라사대,
지난번은 물이었지만 다음번엔 불이리라!

1963년에 출간된 제임스 볼드윈의『단지 흑인이라서, 다른 이유는 없다』는 1954년부터 미국 사회를 뒤흔들었던 흑인 인권 운동African-American Civil Rights Movement의 거센 불길 속에 탄생했다. 흑인 인권 운동은 1964년에 민권법을, 1965년에 투표권법을 통과시켰다. 이 두 가지 결실은 존 F. 케네디의 동생이었던 로버트 케네디 법무장관으로 하여금 〈40년 뒤에는 니그로도 대통령될 수 있으리라는 확언〉을 낳게 했다. 그의 말은 2008년 제44대 미국 대통령 선거에서 버락 오바마가 당선됨으로써 사실이 되었다. 하지만 최초의 아프리카계 대통령이 재임하던 기간에, 백인 경찰의 흑인에 대한 인종 차별과 공권력 남용에 항거

하는 〈흑인의 목숨도 중요하다*Black lives matter*〉라는
구호와 시위 운동이 생겨났다.

마틴 루터 킹, 제시 잭슨 등 미국의 흑인 인권 운동
지도자 중에는 목사들이 많다. 흑인 교회는 백인의 간
섭을 받지 않는 독립적인 성격이 강했기에, 어디서도
〈지도자 경력〉을 쌓을 기회가 없었던 흑인들은 흑인 교
회에서 지도자 수업을 받으며 사회 운동가가 되었다.
흑인 인권 운동은 흑인 교회를 중심으로 조직되었는데,
이런 특징 역시 미국 흑인의 가장 중요한 커뮤니티가
교회였기에 가능했다. 볼드윈은 첫 장편소설 『산상에
가서 고하라*Go Tell It on the Mountain*』를 1953년에 발
표하고서 줄곧 작가로 살았지만, 그가 최초로 가진 직
업은 목사였다. 목사의 아들이었던 그는 십대 중반부
터 약 3년 동안 설교사로 활약했고 제법 인기를 모았
다. 그러나 그는 목회자의 길을 계속해서 걸을 수 없었
다. 이 책은 신앙을 버린 그 자신의 이야기이자 미국 흑
인들이 겪는 종교적 갈등의 한 면을 탐구한다.

게토(할렘)에서 자란 볼드윈은 열세 살 적에 도심
에 있는 도서관에 가려고 구역 간의 도로를 건너다가

백인 경찰의 불심 검문을 받았다. 흑인 거주 구역에 머물지 않고 백인들이 활동하는 구역을 활보했다는 것이 열세 살짜리 꼬마의 죄였다. 이처럼 일상화된 차별을 받으면서 흑인들은 일찌감치 〈세상은 희고 우리는 검다〉라는 것을 알게 되고 패배감에 사로잡히게 된다. 어쩌다 대학을 나와 봤자 잡부 밖에 더 되지 않는다는 사실을 뻔히 알기에 이들은 학교 대신 거리에서 범죄를 배우거나 술과 마약으로 도피하게 된다. 그 가운데 몇몇은 교회로 도망치는데 볼드윈이 거기 속했다.

아버지의 손아귀에서 벗어나려고 했던 볼드윈은 젊은 목사가 된 후에 인종 차별을 방치할 뿐 아니라 그것을 합리화해 주기까지 하는 성서와 교회의 위선을 더욱 실감하게 된다. 그는 밤새 생각해도 〈그분이 모든 자녀들을 사랑한다면 어째서 우리 흑인들이 지금까지 실의에 빠져 사는가?〉라는 질문의 정답을 찾지 못했다. 이 질문에 가장 가까운 정답이 있다면, 성서와 교회야말로 백인이 흑인을 소멸하기 위해 만들어 놓은 무엇이다. 〈백인들이 설교하되 행하지 않는 미덕은 단지 니그로를 복종시키기 위한 또 다른 수단

11

일 뿐이었다.〉

볼드윈을 괴롭힌 것은 예수의 복음서는 늘 사랑을 앞세우지만, 교회에는 진실로 사랑이 없었다는 것이다. 〈모두를 사랑해야 한다는 말을 들은 나는 그 말이 모두에게 해당된다고 생각했었다. 하지만 아니었다. 그 말은 우리처럼 신을 믿는 사람들에게만 해당되었고 백인에게는 전혀 해당 사항이 없었다. 가령 나는 한 목사로부터 상황을 불문하고 대중교통에서 백인 여성에게 자리를 양보해서는 안 된다는 이야기를 들었다. 백인 남성들이 흑인 여성에게 절대 자리를 양보하지 않으니까. 그의 말은 대체로 옳았다.〉

미국은 지구상의 숱한 국가들 가운데 기독교 원리주의에 의해 건국된 희귀한 나라이다. 이런 나라에서 만들어진 것이 노예 해방 이전에 인종 차별에 근거했던 노예 제도이며, 노예 해방 이후에 만들어진 짐 크로 법Jim Crow Law이다. 백인 목사들은 노예 제도의 근거를 성서에서 찾아 왔으며, 노예 해방에 반대했던 미국 남부는 면화의 생산지인 동시에 기독교 원리주의가 강한 〈바이블 벨트Bible Belt〉이기도 하다. 성서와 교회는 미국의 흑인 인종 차별에 책임이 없지 않다. 이처럼 백인과 흑인이 서로를 사랑으로 대할 수 없다면 미국의 교회는 어떻게 구원을 얻을 수 있다는 말인가? 그래서 이 책의 제목도 여호와가 홍수로 세상을 멸한 뒤에, 노아에게 했던 말 〈(이번에는 물이었지만) 다음번엔 불이다〉가 된 것이다.

기독교에 실망한 흑인 가운데 많은 흑인들이 일라이자 무함마드의 〈이슬람 국가〉 운동에 투신했다. 〈신은 흑인이다. 모든 흑인은 선택받은 자로서 이슬람에 속한다. 이슬람이 세계를 지배할지어다.〉 이들은 흑인 인권 운동의 비폭력 노선과 흑백 통합 노선도 아울러 거부했는데, 일라이자의 메시지에 감화를 받은 대표적인 인물이 볼드윈과 같이 아버지가 목사였던 말콤 X다. 이 책 제일 앞 장에 볼드윈이 그의 열다섯 살짜리 조카에게 보내는 편지 형식으로 쓴 서문이 있는데, 이 서문의 강렬한 언어에 겹쳐 있는 것은 일라이자와 말콤 X의 분노한 목소리다. 〈네 인생은 시시콜콜한 것부터 상징들까지 전부, 네가 백인들이 너에 대해 하는 말을 믿게끔 신중히 구성된 것이다.〉

출판사로부터 이 책의 추천사를 막 청탁 받았던 때, 또 추천사 쓰기를 수락하고 가제본을 받았을 때, 그리고 이 글을 쓰고 있는 지금, 미국에서 흑인의 목숨은 파리 목숨이나 같다는 것을 새삼 가르쳐 주는 세 가지 사건이 연이어 일어났다. 5월 8일, 조지아주 브런즈윅에서 조깅을 하던 아흐마우드 엘버리(25)가 두 명의 백인 부자에게 총격을 당하고 죽었다. 5월 25일, 미네소타주 미니애폴리스 파우더호른에서 조지 페리 플로이드(46)가 경찰에 체포되는 과정 중에 질식사했다. 6월 12일, 조지아주 애틀랜타의 한 패스트푸드 식당 앞에서 레이샤드 브룩스(27)가 음주 측정 후 그를 체포하려던 경찰에게 저항하다가 경찰이 쏜 총에 맞아 숨졌다.

희생자가 흑인이 아닌 백인이었다면 결코 일어나지 않았을 이 사건들은 흑인 인권 운동이 1954~1965년 사이에 쟁취한 결실의 맥락을 들여다보게 해준다. 볼드윈도 말하고 있듯이, 이 당시의 흑인 인권 운동이 대법원 판결에서 연거푸 승소할 수 있었던 커다란 요인은 모두 외부에 있다. 즉 〈미국이 냉전 체제 속에서 소련과 경쟁 중이 아니었더라면, 아프리카가 차츰 독립해 나가면서 정치적 이유로 과거 주인의 후손들에게 구애를 받고 있지 않았더라면 그 대단한 양보는 일어나지 않았을 거〉라는 것이다. 하지만 냉전 체제가 미국의 일방적인 승리로 막을 내리면서, 미국은 인종 문제에서 더 이상 진보를 과시할 이유가 없어졌다.

조카 〈제임스에게〉로 시작하는 이 책을 읽었다면, 반드시 〈아들아〉로 시작하는 타네하시 코츠의 『세상과 나 사이』(열린책들, 2016)를 읽어야 한다. 볼드윈은 50여 년 전에 〈백인 소년들이 할 수 있는 일은 나도 전부 할 수 있다〉고 진심으로 믿는 흑인은 다 자라기도 전에 죽는다고 썼다. 코츠는 2015년에 쓴 책에서 〈검은 목숨에 대한 약탈은 이 나라의 유년기부터 반복적으로 주입돼 왔고, 역사를 거치며 강화되어 결국은 그들의 가보가 되고 지성이 되고 감수성이 되었다〉라고 쓴다. 미국은 흑인의 목숨을 중요하게 생각하지 않는다.

2020년 여름
장정일

나의 감옥이 흔들렸다

노예 해방 1백 주년을 맞아 조카에게 보내는 편지

제임스에게.

이 편지를 쓰기 시작하고 다섯 번이나 찢어 버렸구
나. 자꾸만 네 얼굴이 떠오른다. 네 얼굴은 너희 아버
지이자 내 남동생의 얼굴이기도 하다. 너는 그처럼 강
인하고 피부색이 짙으며 쉽게 상처받고 우울하지. 혹
여 물러 보일까 봐 일부러 거칠게 말하는 경향도 있
다. 모르기는 해도 그런 점은 아마 네 할아버지를 닮
았을 거다. 너와 네 아버지는 그분의 외모도 쏙 빼닮
았으니까. 그분은 네가 태어나기 전에 돌아가셨다. 끔
찍한 삶을 살다가 가셨지. 백인들이 자신을 두고 지껄
이는 말이 진실이라고 마음 깊이 믿은 채 패자로 사셨
으니까. 그게 그분이 그토록 독실해진 까닭이란다. 너

희 아버지도 분명 네게 그 이야기를 얼마간 들려주었을 거다. 반면 니그로들이 흙을 떠나 에드워드 프랭클린 프레이저[1]가 〈파괴의 도시들〉이라고 부른 곳에 도착하면서 열린 새로운 시대에 속한 너희 부자는 독실함과는 거리가 멀다. 너를 파괴할 수 있는 건 단 하나, 네가 진짜로 백인들의 세상에서 〈검둥이〉라고 부르는 존재라는 믿음이다. 널 사랑해서 하는 이야기다. 부디 내 말을 잊지 말려무나.

너희 부자를 일평생 알았다. 네 아버지를 팔로 안고 목말을 태웠고 입을 맞췄고 회초리를 휘둘렀고 걸음마 배우는 걸 지켜보았다. 너도 누군가를 아주 어려서부터 안 경험이 있는지 모르겠구나. 누군가를 갓난아기 때부터 소년기를 거쳐 성인이 되기까지 오래도록 사랑하다 보면 시간과 인간의 고통과 노력에 대해 묘한 관점을 갖게 된다. 네 아버지의 얼굴을 볼 때마다 남들은 보지 못하는 것이, 지금의 얼굴 뒤에 숨겨진

---

1 Edward Franklin Frazier(1894~1962). 미국의 사회학자. 흑인 문제를 다룬 최초의 사회학 연구서 가운데 하나인 『미국의 흑인 가족』에서 아프리카계 미국인 가족의 문화와 인종 관계에 관해 분석했다. 이하 모든 각주는 옮긴이주이다.

다른 모든 얼굴들이 보인다. 네 아버지의 웃는 얼굴에서 그가 기억하지 못하는 지하실과 집이 보이고, 웃는 소리에서 그가 어렸을 적 웃던 소리가 들린다. 네 아버지가 욕을 할 때면 그가 지하실로 내려가는 계단에서 굴러 울부짖던 모습이, 너희 할머니나 내가 툭하면 손으로 닦아 주던 눈물이 고통스럽게 기억난다. 오늘날 네 아버지가 웃고 말하고 노래하는 소리에서 보이지 않는 눈물이 흐르지만 누구도 그것을 닦아 줄 수 없다. 세상 사람들이 그에게 무슨 짓을 했는지, 그가 얼마나 아슬아슬하게 살아났는지 나는 안다. 게다가 더 나쁜 건 수십만의 생명을 파괴했고 지금도 계속해서 파괴하고 있는 자들이 자기가 어떤 짓을 하고 있는지 모르고 알려고도 하지 않는다는 것이다. 지금부터 내가 고발하고자 하는 조국과 동포들의 범죄는 내게도, 세월에도, 역사에도 결코 용서받지 못할 것이다. 사람은 파괴와 죽음에 대해 강인하고 철학적인 태도를 취할 수 있고, 실로 그러기 위해 애써야 한다. 그게 인류가 등장한 이래 대부분의 인간이 능숙하게 해온 일이니까(단, 대부분의 인간이 모든 인간은 아니라는 걸 기억하렴). 그러나 파괴를 일삼은 장본인들이 무지했다는 이유로 무죄를 허락할 수는 없다. 그들의 무지가 곧 범죄다.

나와 같은 이름을 지닌 사랑하는 조카야, 순진하고 악의 없는 네 동포들로 인해 너는 백 년도 더 이전에 찰스 디킨스가 묘사한 런던과 그리 다르지 않은 조건에서 태어나게 되었다. 순진한 사람들이 〈아닙니다! 사실이 아니에요! 당신 참 신랄하군요!〉 하고 입을 모아 외치는 소리가 들리는구나. 하지만 내가 이 편지를 쓰는 건 네 존재조차 잘 모르는 그들을 네가 어떻게 다뤄야 하는지 알려 주기 위해서다. 나는 네가 태어난 조건을 안다. 내가 바로 같은 환경을 겪었으므로. 네 동포들은 그 환경을 모르고, 여전히 이해하지 못한다. 네 할머니도 같은 환경을 겪었지만 그분께 신랄하다고 손가락질하는 사람은 지금껏 없었다. 무지한 자들에게 그분을 찾아가 확인해 보라고 제안하고 싶다. 네 할머니는 찾기 어려운 사람도 아니고 일평생 네 동포들을 위해 일했는데, 그들은 그분의 존재조차 모르더구나.

그래, 너는 15년 전 이 세상에 왔다. 네 아버지와 어머니와 할머니는 너를 안고 길거리를 거닐면서 너를 데려온 세상이 온통 벽에 가로막혀 있다는 걸 절감하고 수심에 잠길 만도 했지만 그러지 않았다. 내 이름을 딴 〈큰 제임스〉가 — 너는 우량아로 태어났지만, 나는 아니었단다 — 있었으니까. 사랑받기 위해 태어난 아기가, 영원토록 많은 사랑을 받고 사랑 없는 세상에 맞서 강해질 아기 제임스가 거기 있었으니까. 이 사실을 기억하렴. 오늘날 네게 세상이 얼마나 암담해 보일지 안다. 그날도 세상은 고약해 보였고 우리는 떨고 있었다. 지금도 우리는 떨고 있지만, 만일 서로 사랑하지 않았더라면 우리 가운데 누구도 살아남지 못했을 거다. 이제 너 역시 살아남아야 한다. 우리가 너를 사랑하니까. 네 자녀와 그들의 자녀를 위해서라도 너는 살아남아야 한다.

이 순진한 나라가 너를 게토에 가둔 건, 실은 널 소멸시키기 위해서였다. 내 말이 정확히 어떤 의미인지 지금부터 낱낱이 알려 주마. 그것이 문제의 핵심이자 나와 조국 사이에 생긴 분쟁의 뿌리니까. 네가 태어난 곳에서 태어나야 했고 네가 맞닥뜨린 미래에 맞닥뜨

려야 했던 까닭은 단지 네가 흑인이라서, 다른 이유는 없다. 그리하여 네 야망의 한계도 영영 정해지고 말았다. 너는 가능한 한 여러 가지 방식으로, 잔인할 만큼 대놓고 너를 쓸모없는 인간이라고 부르는 사회에 태어났다. 너는 탁월함을 목표로 삼는 대신 그저 그런 수준에서 타협하는 사람이 되어야 했다. 제임스, 지금까지 지상에서 보낸 짧은 시간 동안 너는 어디서든 예외 없이 어딜 갈 수 있는지, 무얼 할 수 있는지(그리고 어떤 방법으로 할 수 있는지), 어디에 살 수 있는지, 누구와 결혼할 수 있는지 지시를 받았다. 네 동포들은 이 말에 동의하지 않을 거다. 벌써 그들이 〈과장이 심하군〉이라고 말하는 소리가 들리는 것 같구나. 그러나 그들은 할렘을 모르고, 나는 안다. 너도 안다. 결코 누구의 말도 믿지 말아라. 내 말조차도. 오직 네 경험만 믿어라. 네가 어디서 왔는지 알아라. 네가 어디서 왔는지 알면, 실로 무한히 어디든 갈 수 있다. 네 인생은 시시콜콜한 것부터 상징들까지 전부 백인들이 너에 대해 하는 말을 믿게끔 신중히 구성된 것이다. 그들의 믿음과 행동, 그리고 너로 하여금 견디도록 하는 일들은 네 열등함의 증표가 아니라 그들의 비인간성과 두려움의 증표라는 것을 부디 기억해라. 사랑하는 제임스, 지금 젊은 네 머릿속에서는 한바탕 폭풍이 일고 있겠지만, 그 안에서 〈수용〉과 〈통합〉이라는 단어들의 배후에 놓인 진실을 또렷이 꿰뚫어 보려 노력해야 한다. 네가 백인처럼 되려고 애쓸 까닭은 없다. 그들이 너를 수용해야 한다는 주제넘은 가정에는 근거가 없다. 내 오랜 친구야, 정말 끔찍한 사실은 네가 그들을 받아들여야 한다는 거다. 아주 진지하게 하는 말이다. 너는 그들을 받아들이되, 사랑으로 받아들여야 한다. 저 순진한 사람들에게는 다른 희망이 없으므로. 과연 그들은 아직 스스로 이해하지 못하는 역사의 덫에 걸려 있고, 그 역사를 이해하기 전에는 덫에서 풀려날 수 없다. 그들은 여러 해 동안 수많은 이유로 인해 흑인이 백인보다 열등하다고 믿어야 했다. 정말로 그렇게 믿을 만큼 어리석은 이가 많지는 않으나, 너도 곧 알게 되겠지만 사람들은 아는 대로 행동하기를 매우 어려워한단다. 행동한다는 건 헌신한다는 것이고, 헌신한다는 건 위험에 뛰어든다는 뜻이기 때문이다.

이때 백인 미국인들에게 위험이란 정체성의 상실을 뜻한다. 어느 날 아침 잠에서 깨어나 보니 해가 빛나는데 별이 불타고 있었다면 어떤 기분일지 상상해 보렴. 자연의 섭리에서 벗어난 일이니 겁이 더럭 나겠지. 우주의 변화가 두려운 건 개인의 현실 감각을 깊숙이 공격하기 때문이다. 백인의 세상에서 흑인은 일종의 항성으로, 움직이지 않는 기둥으로 기능해 왔다. 그러므로 흑인이 자기 자리에서 벗어나면 백인으로서는 하늘과 땅이 기틀부터 흔들리는 셈이다. 그렇지만 겁먹지 마라. 네가 게토에서 소멸하는 것, 백인이 내린 정의(定義)에서 영영 벗어나지 못하고 소멸하는 것, 네 이름을 제대로 쓰도록 허락받지 못하고 소멸하는 것이 의도된 바라고 말했다. 너를 비롯하여 많은 흑인들이 이 의도를 물리쳐 왔다. 무지한 자들은 너를 끔찍한 법과 역설로 가두면 안전할 거라고 믿었으나 차츰 현실이 그렇지 않음을 깨닫고 있다. 그러나 그자들은 네 형제들이다. 네가 잃어버린 어린 형제들이다. 만약 〈통합〉이라는 단어에 의미가 있다면 이런 뜻일 테다. 우리 형제들이 스스로를 있는 그대로 보고, 현실 도피를 그만두고, 현실을 바꾸기 시작하도록 우리가 사랑으로 강요해야 한다는 것. 내 친구야, 여기가 네 집이니 쫓겨나지 말거라. 위대한 사람들이 이곳에서 위대한 일들을 했고, 앞으로도 해나갈 것이다. 우리는 미국을 미국이 되어야 마땅한 나라로 만들 수 있다. 제임스, 힘든 일인 건 안다. 하지만 너는 강건한 농부들, 목화를 따고 강에 댐을 짓고 철도를 깔고 가장 불리한 상황에서도 두고두고 기릴 만한 단단한 존엄을 이룩한 이들을 뿌리로 두고 있다. 네 계보에는 호메로스 이후 가장 위대한 시인들이 있다. 그중 한 사람이 말했다. 〈패배했다고 생각한 바로 그때, 나의 감옥이 흔들리고 사슬이 풀렸다.〉

올해 이 나라는 노예 해방 백 주년을 기념하고 있는데 모두 알다시피 정말로 기념할 수 있으려면 백 년은 더 기다려야 할 거다. 그자들이 자유로워지기 전까지는 우리도 자유로워질 수 없다. 제임스, 네게 신의 축복과 가호를 빈다.

삼촌 제임스로부터.

십자가 아래에서

내 마음속 구역에서 보낸 편지

백인의 짐을 져라

피로를 숨기기 위해

대강 해치우지도

너무 큰 소리로 자유를 들먹이지도 마라

그대 외치거나 속삭이는 모든 말로

그대 남기거나 행하는 모든 일로

말 없고 음침한 자들이

그대의 신과 그대를 저울질할 터이니

— 러디어드 키플링Rudyard Kipling

나의 구세주가 죽으신 십자가 아래

죄에서 씻김 받고자 나 울부짖은 그곳에서

내 심장에 보혈이 뿌려졌네

주의 이름에 영광 있으라!

― 찬송가

열네 살이 되던 해 여름, 나는 오랜 기간 종교적 위기를 겪었다. 여기서 〈종교적〉이란 일반적이고 임의적인 의미로서 내가 그때 신을, 그분의 성인들과 천사들을, 그리고 그분의 불지옥을 발견했다는 뜻이다. 기독교 국가에서 태어난 고로 나는 그분을 유일신으로 받아들였다. 나는 신이 교회의 네 벽 안에만 — 실은 우리 교회 안에만 — 존재하며 신과 안전이 동의어라고 짐작했다. 이 〈안전〉이라는 단어에서 우리가 〈종교적〉이라는 말을 어떤 의미로 사용하는지 드러난다. 그러니까 보다 정확히 말하자면, 나는 열네 살이 되던 해 인생 처음으로 두려움을 느꼈다. 내 안의 악과 내 밖의 악에 대하여. 그해 여름 내가 할렘에서 본 것은 이전에 일상적으로 보던 것과 같았다. 달라진 건 하나도 없었다. 그러나 그 여름, 대로를 돌아다니는 매춘부와 포주와 협잡꾼들이 돌연 나라는 개인에게 위협적인 존재들로 느껴지기 시작했다. 과거에는 내가 그들처럼 될 거라고 생각한 적이 없었지만, 이제 우리가 동일한 환경에서 만들어졌음을 깨달은 터였다. 내 친구들도 확실히 대로의 삶을 향해 가고 있었고, 아버지는 나 역시 그 길로 가고 있다고 말했다. 친구들은 술을 마시고 담배를 피우며 성생활도 시작했다. 처음엔 게걸스럽게, 그리고는 괴로움에 신음하면서. 독실한 부모의 손에 자라 성가대에서 노래를 하거나 주일 학교에서 아이들을 가르치던 몇 살 위의 소녀들은 내 눈앞에서 놀라운 변신을 이루어 냈다. 제일 당혹스러운 부분은 봉긋해진 가슴이나 둥글어진 엉덩이가 아니라 그들의 눈동자 속에서 느껴지는 깊고 미묘한 무언가, 열기와 체취와 목소리의 변화였다. 그들은 눈 깜짝할 사이에 대로의 낯선 자들처럼 형언할 수 없이 색다르고 환상적으로 현존하는 존재가 되었다. 기독교 가정에서 자란 나는 이 모든 변화가 급작스럽고 불편

했으며, 내 목소리나 정신이나 몸이 바로 다음 순간 무얼 할지 스스로도 짐작할 수 없게 되자 내가 지상에서 가장 타락한 인간이라고 여기게 되었다. 나는 독실한 소녀들과 겁먹은 채 탈선을, 엄숙하고 괴로우며 죄책감에 젖은 실험들을 행했다. 그녀들은 러시아 초원만큼이나 싸늘하고 따분한 동시에 지옥의 모든 불길보다 훨씬 뜨거웠던 우리의 순간들을 즐기는 듯이 보였는데, 그 역시 혼란을 해소하는 데 도움이 되지 않았다.

그렇지만 정작 나를 겁먹게 한 것은 이런 변화보다 더욱 내밀하고 정의하기 어려웠다. 그것은 소년과 소녀 둘 다에게서 엿보였지만 소년에게서 더 선명했다. 소녀들은 여자가 되기 전에 먼저 부인이 되었다. 신기하게도 무서우리만큼 대쪽 같은 모습을 보이기 시작한 것이다. 그들이 정확히 어떻게 변했는지는 말하기 어려우나 완고하게 다문 입술, 무언가를(대체 무엇을?) 통찰하는 두 눈, 새롭고 강한 결의에 찬 걸음걸이, 어딘지 위압적인 목소리에서 티가 났다. 그들은 더 이상 우리 소년들에게 상관하지 않았다. 다만 〈네 영혼을 생각하란 말이야!〉 하며 우리를 날카롭게 꾸짖을 따름이었다. 소녀들은 나처럼 대로에서 증거를 보았고, 한 발짝이라도 삐끗했다가는 어떤 대가를 치러야 할지 알았으며, 자신들이 보호받아야 한다는 것과 우리가 유일한 보호막이라는 걸 알았다. 또한 예수님을 위해 자신들이 신의 유인책이 되어 소년들의 영혼을 구제하고, 소년들의 육체를 결혼으로 속박해야 한다는 걸 이해했다. 정욕에 불타는 시기가 시작되고 있었고, 성 바울이 ― 다른 곳에서 아주 놀랍고도 흔치 않은 놀라운 정확을 기해 스스로를 〈형편없는 사람〉이라고 말했던 그가 ― 말했듯 〈정욕에 불타느니 결혼하는 것이 낫〉기 때문이었다. 소년들은 길고 혹독한 인생의 겨울을 대비하는 사람처럼 기이하고, 조심스러우며, 당혹스러운 절망을 느끼기 시작했다. 당시에는 내가 무엇에 반발하는지 모르고 그들이 자제력을 잃은 것을 내 책임으로 여겼다. 소녀들이 어머니만큼 체중이 불어날 운명이듯 소년들은 결코 아버지보다 높이 올라가지 못할 운명이었다. 그리하여 학교가 도통 이길 길이 없는 어린애 장난과 같다는 것을 차츰

깨달은 소년들은 자퇴하고 일을 하러 갔다. 아버지는
나 역시 그리하길 원했다. 나는 대졸 잡부를 여럿 알
았기에 교육이 내게 무얼 해줄 수 있다는 환상은 이미
버린 터였지만 아버지의 분부를 거역했다. 내 친구들
은 이제 그들의 표현을 빌리자면 〈시내에서 사람과
싸우느라〉 바빴다. 그러면서 갈수록 겉모습과 옷매무
새와 행동에 주의를 기울이지 않게 되었고, 이내 그들
이 집 앞 복도에서 두서넛씩 어울려 와인이나 위스키
를 나눠 마시며 말을 하고 욕을 하고 싸우거나 때로는
우는 모습을 볼 수 있게 되었다. 그들은 패배감에 사
로잡혀 무엇에 그토록 억압당하는지 말할 수 없었다.
그것이 〈사람〉, 즉 백인인 것을 알 따름이었다. 그들
과 태양 사이, 그들과 사랑과 삶과 힘 사이, 그들과 그
들이 원하는 무언가 사이에 드리운 이 구름을 없앨 길
은 없는 듯했다. 그다지 영민한 사람이 아니더라도 상
황을 바꾸기 위해 할 수 있는 일이 거의 없다는 건 알
았다. 유별나게 예민한 사람이 아니더라도 근무일마
다 온종일 불필요하게 이어지는 모욕과 위협에 닳고
닳아 날카로워질 수밖에 없었다. 그런 모욕은 비단 노

동자에게만 향하는 게 아니었다. 열세 살 적 42번가 도서관에 가려고 5번 길을 건너는데 도로 가운데에 서 있던 경찰이 지나가는 내게 대고 투덜거렸다. 「너희 검둥이들은 외곽의 너희 동네에나 머물러 있지 그래?」 열 살 때 내가 맞닥뜨린 두 경찰관은 고작 꼬맹이에 불과했던 내 몸을 더듬어 수색하면서 내 조상과 성적 능력에 대해 농담이랍시고 지껄였고, 나를 할렘의 공터 맨바닥에 납작 눕히기까지 했다. 제2차 세계대전 전후로 친구 여럿이 군대로 피신했다가 돌아왔는데 더 나아진 녀석은 거의 없었다. 상당수가 망가지거나 죽었다. 어떤 친구들은 외국이나 다른 도시로, 다른 게토로 피신했다. 몇몇은 와인이나 위스키나 마약에 의존하기 시작했고 아직도 벗어나지 못했다. 나를 비롯하여 몇몇은 교회로 도망쳤다.

　죄의 대가는 도처에서 드러났다. 와인 얼룩이 지고 오줌 자국이 남은 복도에서, 구급차가 울리는 사이렌 소리에서, 포주와 그가 거느린 매춘부들의 얼굴에 난 상처에서, 이 위험 속에 내던져진 무력한 신생아에게서, 대로에서 벌어지는 칼부림과 총싸움에서, 처참한 소식들 — 자식이 여섯이나 되는 사촌이 갑자기 미쳐 버려서 아이들을 이곳저곳으로 보냈다는 이야기, 강인했던 숙모가 수년간 고되게 노동한 보상으로 허름한 쪽방에서 천천히 고통스러운 죽음을 맞았다는 이야기, 누군가의 영리한 아들이 제 손으로 세상을 저버렸다는 이야기, 또 누군가의 아들은 강도 짓을 하다가 옥살이를 하게 되었다는 이야기 — 에서. 지독한 추측과 발견의 여름, 아직도 더 나쁜 게 남아 있는 여름이었다. 이를테면 범죄는 처음으로 〈하나의〉 가능성이 아닌 〈유일한〉 가능성으로서 현실이 되었다. 일하고 저축하는 것으로는 절대 상황을 극복할 수 없었고, 노동으로는 저축할 만큼 돈을 버는 것도 불가능했다. 게다가 가장 성공한 니그로가 받는 사회적 대우조차 자유를 얻기 위해서는 은행 계좌만으로 충분하지 않다는 걸 입증했다. 손잡이가, 지렛대가, 두려움을 불어넣는 수단이 필요했다. 경찰은 법에 걸리지 않는 한도 내에서 당신을 채찍질하고 연행할 테고, 주부, 택시 운전사, 승강기 안내원, 접시 닦이, 바텐더, 변호사, 판사, 의사, 식료품 판매상을 불문하고 다른 모든 사람은 당신을 자신의 좌절감과 적대심을 쏟아 낼 배출구로 삼을 것이며, 어떠한 인간적인 관대함도 그들을 멈추지 못할 것이다. 문명화된 이성이며 기독교적 사랑조차 그들로 하여금 자신이 대우받고 싶은 방식으로 당신을 대우하게 하지 못할 것이다. 그들이 태도를 바꾸거나 최소한 바꾼 것처럼 보이도록 — 과거나 지금이나 그렇게 보이는 것만으로 충분하다 — 할 수 있는 건 오로지 당신이 보복할 수 있다는 두려움뿐이다. 이 점에 관해서는 상당히 의견이 분분한 듯한데, 나는 백인들에게 사랑받는 건 고사하고 〈받아들여지기〉를 원하는 흑인조차 만나 보지 못했다. 흑인들이 원하는 건 단지 이 세상에 머무는 짧은 생애의 매 순간 백인들에게 머리를 얻어맞지 않는 것뿐이다. 이 나라의 백인들은 자기 자신을, 그리고 서로를 받아들이고 사랑하는 방법을 한참 더 배워야 한다. 그걸 배우고 나면 — 그런 날이 당장 내일은커녕 영영 오지 않을지도 모르지만 — 흑인 문제는 더는 필요하지 않을 테고 따라서 사라질 것이다.

과거와 현재의 우리 할렘 사람들보다 유리한 조건

을 타고난 자들에게는 내가 앞서 묘사한 심리와 인간의 본성에 관한 견해가 극도로 음울하고 충격적으로 다가올 것이다. 그러나 백인들의 세상을 경험한 흑인은 백인들이 지키고 있다고 주장하는 규범에 전혀 존경을 느낄 수 없다. 바로 자신이 처한 상황이 백인들이 규범에 맞춰 살지 않는다는 압도적 증거이므로. 흑인 하인들은 수 세대에 걸쳐 백인 가정에서 잡동사니를 슬쩍해 왔는데, 백인들은 기꺼이 도둑질을 눈감아 주며 그것을 희미한 죄책감을 달래는 도구이자 백인이 태생적으로 우월하다는 증거로 삼았다. 가장 멍청하고 비굴한 흑인조차 자신과 자신이 섬기는 주인 간의 환경 격차에 놀라는 경우가 드물었다. 멍청하지도 비굴하지도 않은 흑인은 백인의 소유물을 훔치는 것을 전혀 잘못으로 느끼지 않았다. 청교도 양키들은 미덕과 안녕을 등치시키지만, 니그로들은 기독교적 미덕을 엄정히 지킴으로써 돈을 벌고 저축할 수 있다는 말을 곧이곧대로 받아들이지 않았다. 그 방법이 흑인 기독교도들에게는 통하지 않았던 것이다. 백인들은 흑인의 자유를 강탈하고, 살아가면서 매 순간 그로부터 이득을 얻기에 흑인 앞에서 도덕적 우위를 내세울 수 없었다. 그들에게는 판사와 배심원, 기관총과 법이 — 한마디로 권력이 — 있었지만 그것은 형사상의 권력으로서 두려움의 대상이되 존경의 대상은 되지 못했으며 어떤 방식으로든 허점을 드러낼 수밖에 없었다. 백인들이 설교하되 행하지 않는 미덕들은 단지 니그로를 복종시키기 위한 또 다른 수단일 뿐이었다.

그해 여름, 범죄자로 살게 될 위험과 나 사이를 가로막고 있다고 생각했던 도덕적 장벽이 거의 존재하지 않는다 해도 무방할 만큼 얇은 것으로 밝혀졌다. 나는 범죄자가 되지 않을 합당한 이유를 찾을 수 없었고, 그 이유의 부재를 두고 탓해야 할 건 신을 두려워하는 나의 딱한 부모가 아니라 이 사회였다. 그리하여 냉담하게 결심을 — 알고 보니 당시 생각보다 더 굳었던 결심을 — 했다. 결코 게토와 화해하지 않으리라. 백인이 내게 침을 뱉도록 두느니, 이 공화국에서 내 〈자리〉를 받아들이느니 죽어 지옥에 가리라. 나는 이 나라의 백인들이 나를 정의하게끔 놔두고, 그들의 정의에 의해 한정되고, 그렇게 순순히 마멸될 의사가 없었다. 물론 그렇게 생각하는 나는 〈이미〉 침을 뒤집어쓴 채 정의되었고 한정되었으며 손쉽게 마멸될 수 있었다. 이 지점에 도달한 니그로 소년들은 — 적어도 그 몇 해 동안 내가 처했던 것과 같은 상황이라면 — 그 순간 살고 싶다는 생각에 마음속 깊은 곳에서 어떤 깨달음을 얻게 된다. 지금 대단한 위험에 처했으며 신속히 그곳에서 빠져나와 자기 길을 갈 수 있게 해주는 〈무언가〉를, 어떤 술책을 찾아야 한다는 것이다. 그 술책이 무엇인지는 상관없다. 나는 마지막 사실을 깨닫고선 겁을 먹고 — 그 문이 수많은 위험으로 통한다는 뜻이었으므로 — 교회로 달려갔다. 그리고 뜻밖의 역설로 인해 교회에 머무는 일이 엄밀한 의미에서 나의 술책이 되었다.

내 능력을 평가해 보려다가 내게 능력이랄 것이 거의 없음을 깨닫게 된 것이다. 나는 원하는 삶을 살기에는 최악의 패를 건네받은 듯했다. 프로 권투 선수가 될 수는 없었다. 이미 많은 흑인들이 시도했지만 극소수를 제외하곤 실패한 터였다. 나는 노래도 못했고 춤도 못 췄다. 세상에 잘 길들여진 터라 감히 작가가 된다는 생각은 아직 진지하게 고려하지 못했다. 유일하게 가능성 있는 대안은 대로의 천한 자들 무리에 끼는 것이었다. 그들은 사실 내가 상상했던 것만큼 천하지 않았지만, 나는 그런 삶을 살고 싶지 않았다. 게다가 그들에게서 무언가를 느꼈기에 대단히 겁을 먹고 있었다. 내가 자극에 약하다는 사실만으로도 충분히 나쁘건만 나 역시 불길과 유혹의 근원이 되어 있었던 것이다. 그해 여름 때때로 소년 소녀들이, 심지어는 놀랍게도 나이 많은 남녀가 내게 극히 노골적으로 접근해 왔으나 나는 교육을 썩 잘 받은 터라 그것이 조금이나마 내 매력 덕분이라고 넘겨짚지는 않았다. 할렘에서의 유혹은 돌려 말해 단도직입적이라서 그들이 내게서 무엇을 보았든 간에 그것은 도리어 내가 타락했다는 사실을 확인시키는 데 그쳤다.

감각의 각성이 이렇듯 스스로에 대한 가혹한 판단으로 이어진다는 건 분명 슬픈 일이다. 다른 판단을 내려 보려고 허비하는 시간과 고뇌는 말할 것도 없다. 그러나 내가 성장기에 어울렸던 이들과 같은 흑인들이라면 육체적 욕망을 이겨 내려는 진실한 시도를 피해서는 안 된다. 이 나라의 니그로들은 ── 엄밀히 말해 법적인 의미에서 니그로는 이 나라에만 존재한다 ── 세상에 눈을 뜬 순간부터 스스로를 경멸하는 법을 배운다. 세상은 희고 우리는 검다. 백인에게는 권력이 있고, 그건 그들이 흑인보다 우월하다는 ── 신이 그리 명했으므로 본질적으로 우월하다는 ── 뜻이며, 세상은 수많은 방법으로 흑인들이 그 차이를 깨닫고 느끼고 두려워하게 만든다. 흑인 아이는 이 차이를 이해하기는커녕 인지하기도 훨씬 전부터 이미 차이에 반응하고 통제당하기 시작한다. 어른들이 결국 닥치고야 말 운명에 대비시키고자 노력하는 사이에 아이는 남몰래, 두려움에 사로잡혀, 자기가 무얼 하는지도 모른 채로 무자비한 수수께끼의 징벌을 기다리기 시작한다. 아이는 부모를 만족시켜야 할 뿐만 아니라 벌을 받지 않기 위해서 〈착해〉져야 한다. 그런데 부모라는 권위 뒤에 또 하나의 권위가 ── 부모보다 만족시키기가 훨씬 어렵고 한없이 잔인하며 이름도 인격도 없는 무언가가 ── 버티고 서 있다. 이 사실이 아이를 훈육하거나 벌주거나 애정을 표출할 때 부모의 어조를 통

49

해 아이의 의식에 스며든다. 아이가 어떤 경계 바깥으로 나섰을 때 어머니나 아버지의 목소리에서 갑작스럽게 느껴지는 통제 불가능한 공포의 어조에서. 아이는 그 경계가 무엇인지 모르고 설명도 듣지 못한다. 그것만으로도 충분히 겁먹을 만한 일이지만 어른들의 목소리에서 느껴지는 공포야말로 진정 두렵다. 내가 백인 소년들이 할 수 있는 일은 나도 전부 할 수 있다고 진심으로 믿으며 그걸 입증할 생각이 만만함을 알았을 때 아버지의 목소리에서 느껴진 공포는 우리 형제들이 병에 걸리거나 계단에서 구르거나 집에서 너무 먼 곳까지 나갔을 때의 공포와 사뭇 달랐다. 그것은 파괴적인 공포, 아이가 백인의 세상에 깔린 기준들에 맞서면서 파괴의 길로 접어들고 말았다는 공포였다. 천만다행으로 아이는 힘이라는 것이 얼마나 막대하고 무자비한지, 사람들이 서로를 얼마나 잔인하게 대하는지 알지 못한다. 부모가 아이를 위해 세상을 떠받치고 있기 때문이다. 부모 없이 아이는 보호받지 못한다. 다만 아이는 부모의 목소리에서 느껴지는 공포에 반응한다. 아버지의 공포를 감지한 나는 그가 케

케묵은 사고방식을 지녔다는 점을 떠올리며 스스로를 방어했다. 이미 패기 면에서 아버지를 제친 스스로가 자랑스러웠다. 그러나 공포를 억누르면서 확실해지는 것은 언젠가 그 공포에 정복되리라는 사실뿐이다. 공포에는 맞서야 한다. 그리고 패기 이야기가 나왔으니 말인데, 그것만으로는 살 수 없다. 적어도 진정한 삶은 살 수 없다. 그 여름, 내가 곁에 두고 자랐으며 이제 나의 일부가 되어 세계관을 통제하고 있던 공포가 한꺼번에 들고일어나 세상과 나 사이에 벽을 세우고 나를 교회로 내몰았다.

돌이켜 보면 내가 행한 일들이 기이하리만큼 의도적으로 보이지만, 당시에는 전혀 그렇게 보이지 않았다. 나는 아버지가 설교하던 교회로는 가지 않았다. 학교에서 제일 친하게 지내던 친구가 다른 교회에 다니면서 이미 〈주님께 인생을 바쳤〉고 내 영혼의 구원에 대해서도 무척 걱정해 주었기 때문이다. 나는 구원에 대해서는 걱정하지 않았지만 타인의 관심을 받는 게 나쁠 리 없었다. 어느 일요일 오후 그를 따라 교회에 갔다. 그날은 예배가 없어서 교회 안은 청소부와

기도하는 여인 몇몇을 빼고는 텅 비어 있었다. 친구는 나를 뒷방으로 데리고 가서 목사를 소개했다. 예복을 입고 얼굴에 미소를 띤 목사는 아프리카, 유럽, 아메리칸 인디언의 아메리카까지 세 대륙을 얼굴에 담은 몹시 위풍당당하고 잘생긴 여자로 마흔다섯이나 쉰 정도 되어 보였고 우리 세계에서 대단히 명성이 높았다. 친구가 나를 소개하려는 찰나 목사가 나를 보고 웃더니 말했다. 「꼬마야, 넌 누구의 사람이니?」 믿기 어렵게도 이 말은 대로의 포주들과 협잡꾼들이 내게 접근해 농담처럼, 그러나 집요하게 자신들과 〈어울리자〉고 제안할 때 건네는 말과 정확히 같았다. 그들에게서 느낀 공포의 일부는 확실히 내가 누군가의 사람이 되길 원하고 있었다는 데서 기인했는지도 모른다. 나는 수많은 난제들 앞에 속수무책으로 겁에 질려 있었기에 그 여름 누군가 나를 차지할 것은 불 보듯 뻔했다. 할렘에서는 누구도 경매장 단상 위에 오래 서 있지 않는다. 내가 다른 분야가 아닌 교회 사업에 들어가게 된 것은, 그리고 조금이나마 육체적 지식을 얻기 훨씬 전에 영적 유혹에 굴복한 것은 어쩌면 행운이었다. 목사가 예의 근사한 미소를 띠고 내게 〈꼬마야, 넌 누구의 사람이니?〉라고 물었을 때 내 심장은 단번에 대답했던 것이다. 「물론 당신의 사람입니다.」

여름은 더디게 흘렀고 상황은 갈수록 나빠졌다. 나는 점점 더 심한 죄책감과 공포를 느꼈고, 그 감정들을 내 안에 봉인해 두다가 결국 일이 터졌다. 어느 날 밤 목사가 설교를 마친 순간 내 안에 억눌러 둔 모든 것이 소리치고 포효하고 울부짖으면서 쏟아져 나왔다. 나는 제단 앞 바닥에 쓰러졌다. 지금껏 살면서 느낀 가장 기묘한 감각이었다. 그런 일이 일어날 것은 물론이거니와 가능하다는 것도 몰랐다. 그 직전에 나는 두 발로 서서 노래하고 손뼉을 치며 한편으로는 작업 중이던 희곡의 플롯을 고심하고 있었다. 그리고 바로 다음 순간 나는 바닥에 등을 대고 누워 있었다. 무언가 변하는 것도 몸이 넘어가는 것도 전혀 느끼지 못했다. 우뚝 선 성인들이 나를 내려다보았고 얼굴로 조명이 쏟아졌다. 내가 그렇게 낮게 누워서 무얼 하는지, 어쩌다 그렇게 되었는지 알 수 없었다. 그때 이루 말할 수 없는 괴로움이 내 안을 채웠다. 괴로움은 몇

개 도시를 휩쓸고 모든 것을 갈가리 찢어 놓는, 아이
를 부모에게서 떼어 놓고 연인들을 서로에게서 떼어
놓고 모든 것을 정체불명의 쓰레기로 만들어 버리는
홍수처럼 내 안에서 움직였다. 내가 기억하는 건 고
통, 형언 불가능한 고통뿐이다. 하늘에 대고 소리쳐
봤자 내 말을 듣지 못하는 것 같았다. 내 목소리를 듣
지 못한다면 내게 사랑을 — 나를 씻기고 정화해 줄
사랑을 — 내려 주지도 않을 테고 내 몫으로 남는 건
대재난이 전부일 터였다. 그래, 성(性)에 폐쇄적인 앵
글로 튜턴족 백인들의 나라에 흑인으로 태어난 것에
는 과연 의미가, 차마 말할 수 없는 의미가 있었다. 우
리는 자기도 모르는 사이에 타인과 교감할 수 있다는
희망을 모조리 빠르게 포기하게 된다. 흑인들은 주로
내려다보거나 올려다보되 서로를 보지 않고 백인들
은 주로 다른 곳을 본다. 우주는 텅 빈 북과 다름없다.
그때 — 그리고 그 후에도 종종 — 내게는 인생을 버
텨 낸다는 게, 아내와 자녀와 친구와 부모님을 사랑하
거나 그들에게서 사랑받는다는 게 완전히 불가능해
보였다. 우주는 단지 별과 달과 행성, 꽃과 잔디와 나

무일 뿐만 아니라 〈타인〉이다. 우주는 당신의 존재를 위해 어떤 용어도 만들지 않았고, 어떤 공간도 만들지 않았다. 만일 사랑으로 닫힌 문을 활짝 열 수 없다면 다른 어떤 힘이 그럴 수 있을까. 인간의 사랑에 좌절한다면 — 그런 적 없는 사람이 있을까? — 남은 건 신의 사랑뿐이다. 그러나 신은 아주 오래전 내가 넓은 바닥에 누워 원치 않게 절감했듯 백인이다. 그분의 사랑이 그토록 위대하다면, 그리고 그분이 모든 자녀들을 사랑한다면 어째서 우리 흑인들이 지금까지 실의에 빠져 사는가? 대체 왜? 훗날 나는 뭔가 알게 된 척 많은 말을 했지만, 사실 밤새 바닥에 누워 있으면서도 답을 찾지 못했다. 적어도 정답은 찾지 못했다. 내 위에서 신도들이 나를 〈구하기 위해〉 노래하고 축복하고 기도했다. 아침이 되자 그들은 나를 일으켜 세우고 내가 〈구원받았다〉고 말했다.

글쎄, 실로 나는 어떤 면에서 구원받았다고 할 수 있다. 기진맥진해서 처음으로 죄책감의 고뇌로부터 완전히 해방되었기 때문이다. 나는 나의 구원에 대해서만 의식하고 있었다. 어째서 인간의 구원이 내가 겪은 것처럼 이교도적이면서도 절박한 방식으로 — 형언할 수 없이 구식이되 동시에 새로운 방식으로 — 이루어져야만 하는지 몇 년이 지나도록 자문하지 못했다. 이윽고 스스로에게 이 질문을 던질 수 있게 되자, 내가 자라난 교회의 의식과 관습을 지배하는 원칙들이 백인 교회의 의식과 관습을 지배하는 규칙들과 다르지 않다는 것이 눈에 들어왔다. 그 원칙이란 맹목, 고독, 공포였다. 그중 첫 번째인 맹목은 다른 두 원칙의 존재를 부정하기 위해 반드시 적극적으로 함양되어야 한다. 나는 믿음, 희망, 자선이 교회의 세 원칙이라고 믿고 싶지만 대부분의 기독교도들에게, 그리고 우리가 기독교계라고 부르는 곳에서는 그렇지 않은 게 분명하다.

나는 구원받았다. 그와 동시에 내가 여전히 이해하지 못하는 청소년기 특유의 직감으로 이 교회에 단순히 한 사람의 신자로 남을 수 없게 되었다는 것을 즉시 깨달았다. 심한 지루함에서 벗어나려다가 자칫하면 구원받지 못한 대로의 천한 사람들 무리에 끼게 될지도 몰랐다. 그런 상황을 막기 위해서는 할 일이 필요했다. 아버지를 그의 전문 영역에서 이겨 보겠다는 의도가 없었다고는 말 못 하겠다. 하여간 교회에 다니고 얼마 지나지 않아 나는 설교를 시작했다. 젊은 목사가 된 것이다. 연단 생활은 3년 넘게 이어졌다. 나는 젊음 덕분에 금세 아버지보다 훨씬 인기 있는 목사가 되었고 그 강점을 유감없이 활용했다. 그게 아버지의 손아귀에서 벗어나는 가장 효율적인 방법이었다. 당시는 내 인생에서 가장 두렵고도 부정직한 시기였고 거기서 기인한 히스테리가 설교에 대단한 열정을 실어 주었다. 한동안은 그랬다. 즐거운 일도 많았다. 새로운 직위로 관심을 받게 되었고, 잘못을 해도 비교적 면책되었으며, 무엇보다도 갑자기 사생활이 보장되었다. 아직 학생 신분이던 나는 학업을 지속하는 동시에 일주일에 한 차례 이상 설교를 준비해야 했기에 사생활을 보장받을 필요가 있었다. 인생의 전성기라 부를 만한 그 시기에 나는 주마다 한 차례 이상 설교를 했다. 아버지의 간섭을 피해 몇 시간, 심지어는 며칠을 보낼 수 있었다는 뜻이다. 그렇게 그의 통제를 무력화했다. 내가 나 자신마저 무력화하고 어디서도 벗어나지 못했음을 알게 된 건 그로부터 한참 뒤의 일이었다.

교회는 무척 신나는 곳이었다. 그 흥겨움에서 헤어나기까지 꽤 오랜 시간이 걸렸는데 실은 제일 비이성적이고 본능적인 수준에서는 아직도 헤어나지 못했다. 아마 끝내 헤어나지 못할 것이다. 기뻐하는 성인들과 신음하는 죄인들과 흔들리는 탬버린과 모두가 한 목소리로 주님을 찬양하는 모습과 같은 그런 음악은 어디에도 없고 그런 드라마 또한 어디에도 없다. 다양한 피부색의 사람들이 지쳤지만 어쩐지 승리감에 젖어 거룩해 보이는 얼굴로, 눈에 보이고 손에 잡히는 절망을 담은 목소리로 주님의 선함에 대하여 이야기하는 모습만 한 격정은 교회 밖 어디에도 없다. 리드벨리[2]와 다른 수많은 이들이 증언했듯 갑작스럽게 교회를 〈흔들어 놓는〉 불길과 흥에 필적할 만한 것을 나는 아직 보지 못했다. 설교 중간에 어떤 기적이 벌어져 내가 정말로 〈말씀〉이라고 하는 것을 전달하고 있음을 깨달았을 때 — 교회와 내가 하나였을 때 — 그

2 Lead Belly(1888~1949). 미국의 블루스 가수이자 기타 연주자. 다양한 레퍼토리와 파란만장한 인생 경력으로 미국 록 음악계의 전설적인 존재로 불린다.

힘과 영광에 필적하는 일을 나는 아직 경험하지 못했다. 신도들의 고통과 기쁨은 내 것이었고, 나의 고통과 기쁨도 그들의 것이었다. 그들은 내게, 나는 그들에게 고통과 기쁨을 내주었기에 그들이 외치는 〈아멘!〉과 〈할렐루야!〉와 〈네, 주님!〉과 〈주님의 이름을 찬양합니다!〉와 〈설교하십시오, 형제여!〉 같은 말들은 홀로 설교하던 나를 지탱하고 매질했다. 그리하여 마침내 모두가 제단 발치에서 고뇌와 기쁨에 차 춤추고 노래하다가 동등하게 땀에 흠뻑 젖었다. 비록 내 동기는 비루했지만 — 혹은 상상할 수 있는 일이지만 도리어 그로 인해 — 교회는 오랫동안 내 유일한 자양분, 나의 고기와 술이었다. 나는 학교에서 집으로, 이윽고 교회로, 제단으로 달려가 그곳에서 홀로 되어 나의 가장 소중한 친구인 예수님과 교감했다. 그분은 결단코 나를 실망시키는 법이 없었으며 내 마음속 비밀을 죄 알고 있었다. 내가 알아내지 못한 비밀도 그분은 아마 알았겠으나, 사실 우리가 그 십자가 아래에서 거래한 바는 그분이 정말 아는지 모르는지를 내가 영영 알지 못하리라는 것이었다.

그분은 거래를 깼다. 그는 내 생각보다 훨씬 나은 사람이었다. 매사가 그러하듯 그 일은 인지하지 못하는 사이 한꺼번에 여러 방식으로 벌어졌다. 내 기억에는 설교를 시작하고 대략 1년 뒤, 다시 책을 읽기 시작하면서 그 일이 — 내 신앙이 천천히 허물어지고 내 요새가 무너진 일이 — 시작되었다. 나는 아직 학생 신분이라는 점을 들어 책을 읽고 싶은 욕망을 정당화했고, 숙명적으로 도스토옙스키를 읽기 시작했다. 그때 나는 유대인이 주류인 고등학교에 다니고 있었다. 그 말인즉슨 내가 애초에 구원받을 가망이 전무하고, 복음서가 그리스도가 죽고 나서 한참 뒤에 쓰였다는 점을 지적하는 사람들에게 둘러싸여 있었다는 뜻이다. 그들이 내가 학교에 가져간 소책자와 전단을 비웃었기 때문에 나는 그것을 다시 읽어야 했다. 내가 보기에도 이미 그 메시지를 믿는 사람이 아니라면 믿기 어려운 내용이었다. 그 사실이 나를 고통스럽게 했다. 소책자의 내용이 일종의 협박이라고 막연히 느꼈던 것이 기억난다. 나는 사람들이 주님을 사랑하기 때문에 사랑해야지, 지옥에 가는 게 두려워 사랑해서는 안 된다고 느꼈다. 애초에 성경이 인간에 의해 쓰였고 내가 읽지 못하는 언어들로부터 번역되었다는 사실, 나 자신도 아직 인정하지 못하나 내가 글쓰기라는 업에 깊이 발 들이고 있다는 사실도 마지못해 인정했다. 물론 내게 는 준비된 반론이 있었다. 성경에 나오는 이들이 모두 신성한 영감을 받아 행동하고 있다는 것. 하지만 정말 그랬을까? 그들 모두가? 게다가 그때 나는 신성한 영 감에 대해서라면 감히 시인할 수 있는 수준 이상으로 잘 알고 있었다. 내가 어떻게 환영에 사로잡혀 버리는 지, 신이 내게 내려 주신 환영이 신이 아버지에게 내려 주신 환영과 얼마나 자주—실로 항상—엇갈리는지 말이다. 밤마다 꾸는 꿈을 전부 이해할 수는 없었지만 그것들이 신성하지 못하다는 것 정도는 알았다. 말이 나왔으니 말인데, 깨어서 보내는 시간 역시 전혀 신성 하지 못했다. 나는 대부분의 시간을 내가 생생하게 욕 망했으나 실행에 옮기지 않은 일들을 참회하며 보냈 다. 유대인들을 대하다 보니, 그동안 절박하게 회피해 왔던 피부색의 문제가 겁먹은 내 정신의 중심에 자리 잡았다. 나는 성경이 백인에 의해 쓰였음을 깨달았다.

많은 기독교인에 따르면, 나는 저주받은 자 함[3]의 후손이며 따라서 일찌감치 노예가 될 운명이었다. 내가 어떤 사람인지, 무엇을 담고 있는지, 무엇이 될 수 있는지와 무관하게 시간의 시작부터 내 운명은 영영 정해진 것이다. 실로 기독교 세계를 조망해 보면 그 믿음은 유효한 듯했다. 기독교인들의 행동이 그 증거였다. 나는 이탈리아 신부와 주교들이 에티오피아로 출정하는 이탈리아 남자들에게 축복을 내린 것을 떠올렸다.

학교에서 유대인 소년들을 대하기가 껄끄러웠던 이유는 또 있었다. 그 애들과 전당포, 땅, 식료품점을 소유한 할렘의 유대인들 사이에서 접점을 찾을 수 없었던 것이다. 그 사람들도 유대인이라는 사실은 자주 들어서 알았지만, 이전까지는 단지 백인으로 여기고 있었다. 고등학교에 가기 전까지 내게 유대인이란 아브라함, 모세, 다니엘, 에스겔, 욥, 사드락, 메삭, 아벳느고 같은 이름을 지니고 구약 성서에 갇혀 있는 존재

3 Ham. 노아의 둘째 아들로 아프리카 흑인 함족의 조상이 되었다고 전해진다.

였다. 여러 세기 뒤에 이집트로부터 한참이나 떨어진 곳, 불타는 용광로와 무척이나 먼 곳에서 유대인들을 발견하는 건 당혹스러운 일이었다. 고등학교 시절 나와 제일 가깝게 지낸 친구도 유대인이었다. 하루는 그가 우리 집에 놀러 왔다. 친구가 떠난 뒤 아버지가 언제나처럼 물었다. 「그 애, 기독교도냐?」 그건 〈그 애가 구원받았느냐?〉라는 의미였다. 나는 차가운 목소리로 순진함과 악의 가운데 어느 쪽에서 우러나왔는지 나 자신도 모를 대답을 했다. 「아니요. 그 애는 유대인이에요.」 그러자 아버지가 커다란 손바닥으로 내 뺨을 갈겼고, 일순 물밀 듯 온갖 감정이 밀려들었다. 증오와 분노, 아버지가 나를 죽이게 놔두느니 내가 그를 죽이고 말겠다는 깊고 무자비한 결의까지. 그 모든 설교와 눈물과 회개와 기쁨이 아무것도 바꾸지 못한 것이다. 내 친구든 아니든 누군가가 영원히 지옥에서 고통받을 운명이라는 것에 기뻐해야 하는지 의문이 들었다. 불현듯 또 다른 기독교 국가인 독일의 유대인들에게 생각이 미쳤다. 그들은 불타는 용광로에서 그리 멀지 않았으며 내 친구도 자칫하면 그들 틈에 섞일 수 있었다. 나는 아버지에게 〈그 애가 아버지보다 더 나은 교인입니다〉라고 쏘아붙이고는 집 밖으로 나섰다. 그로써 우리 사이의 싸움은 공공연한 것이 되었지만 개의치 않았다. 오히려 안도감 비슷한 것을 느꼈다. 어차피 더 중대한 투쟁은 이미 진행 중이었다.

설교단에 서는 것은 연극 무대에 서는 것과 비슷했다. 막후에 있으면 환상의 작동 원리를 알 수 있었다. 나는 다른 목사들과 그들이 누리는 삶의 질에 대해서 알게 되었다. 내 주위 목사들이 『엘머 갠트리』[4]에 나올 법한 위선적인 호색가들이었다는 의미는 아니다. 그들의 위선은 더 뿌리 깊고 치명적이며 미묘했다. 얼마간의 성욕은 차라리 비쩍 마른 사막의 물과 같이 느껴졌을 것이다. 나는 신도들에게 마지막 10센트짜리 동전마저 쥐어짜 내는 법과 ─ 그리 어려운 일은 아니었다 ─ 〈주님의 사업〉에 바쳐진 돈이 어디로 가는지도 알았다. 그리하여 함께 일하는 사람들에게 어떤 존경도 느끼기 어렵다는 사실을 원치 않게 깨달았다.

4 *Elmer Gantry*. 종교계의 위선을 폭로한 싱클레어 루이스의 1927년 작 풍자 소설.

당시에는 솔직히 말할 수 없었지만, 이 일을 계속하면 금세 나 자신에 대한 존경심도 잃을 것 같았다. 나는 〈젊은 볼드윈 형제〉였으므로 애초에 내가 교회로 도망치는 데 한몫했던 포주와 협잡꾼들 사이에서 높은 가치가 매겨졌다. 그들은 나를 여전히 손에 넣을 수 있는 꼬마로 보았으며 내가 어서 정신을 차리고 이 사업이 대단한 이문을 남긴다는 걸 깨닫기를 기다리고 있었다. 그들이 보기에 나는 아직 깨닫지도, 이제야 움트고 있는 욕구들이 나를 어디로 데려갈 수 있을지 고민해 보지도 않은 상태였다. 그들은 확률이 자신들의 편인 것을 알고 인내심을 발휘했다. 실은 나도 알고 있었다. 그래서 나는 이전보다도 더 외롭고 약해졌다. 어린양의 피는 어떤 식으로도 나를 씻어 주지 못했다. 나는 태어난 날만큼이나 검었으니까. 그리하여 신도들 앞에 선 나는 말을 더듬고 욕을 하지 않으려고, 무릎 꿇은 이들에게 성경 따위 집어치우고 집에 가서 집세 지불 거부 운동이라도 벌이라고 말하지 않기 위해 안간힘을 써야 했다. 주일 학교에서 나를 올려다보는 구리색, 갈색, 베이지색 얼굴들에 대고 온유

하신 예수님에 대해 말하면서, 영생의 왕관을 얻기 위해 지상에서 불행을 감내해야 한다고 말하면서 나는 범죄를 저지르는 기분이었다. 니그로만이 이 왕관을 얻을 수 있는 것인가? 그렇다면 천국이란 고작 또 하나의 게토가 아닌가? 내가 대표로 있는 피난처에 조금이나마 애정 어린 호의가 존재한다고 믿을 수 있었다면 그런 죄책감도 감내할 수 있었을 것이다. 하지만 나는 설교단에 너무 오래 머무르면서 끔찍한 일을 너무 많이 목격했다. 신자들이 바닥을 걸레질하여 번 다임, 쿼터 동전과 달리 지폐를 헌금 그릇에 담는 동안 목사는 집 여러 채와 캐딜락 여러 대를 갖게 된다는 뻔한 사실만을 이야기하려는 게 아니다. 교회에는 진실로 사랑이 없었다. 증오와 자기혐오와 절망을 가리는 가면만이 있을 뿐이었다. 성령의 거룩한 힘은 예배와 함께 끝났고, 구원은 교회 문턱을 넘지 못했다. 서로 사랑해야 한다는 말이 나는 모두에게 해당된다고 생각했었다. 하지만 아니었다. 그 말은 신을 믿는 〈우리〉에게만 해당되었고, 백인에게는 전혀 해당 사항이 없었다. 가령 나는 한 목사로부터 상황을 불문하고 대중교통에서 백인 여성에게 자리를 양보해서는 안 된다는 이야기를 들었다. 백인 남성들이 흑인 여성에게 절대 자리를 양보하지 않으니까. 그의 말은 대체로 옳았다. 나는 그 말의 요점을 이해했다. 하지만 타인이 나를 어떻게 대하는지와 무관하게 내가 그들을 사랑으로 대할 수 없다면 구원의 요점이, 목적이 대체 무엇이란 말인가? 그들의 행동은 그들의 책임이니 심판의 나팔이 울리면 그들이 답해야 할 것이다. 그러나 내 행동은 내 책임이니 나 역시 답해야 할 것이다. 물론 천국에 다른 인간이나 천사들과 같은 방식으로 심판받아서는 안 될 무지몽매한 흑인들을 위한 특면이 존재하지 않는 한 말이다. 그즈음 나는 사람들이 세상을 보는 시각이야말로 그들이 실제로 사는 세상을 예상 가능하고 희망찬 곳으로 보이도록 왜곡하여 투영한 것일 뿐임을 알게 되었다. 비단 니그로들만 그런 게 아니었다. 다른 사람들보다 더 억압되었을 뿐 니그로라고 딱히 더 〈단순〉하거나 〈즉흥적〉이거나 〈기독교인다운〉 건 아니었으므로. 백인들에게 우리가 함의 후예로서 영영 저주받은 존재이듯 우리에게 백인들은 카인의 후예였다. 우리가 주님을 사랑하는 마음은 다른 것의 척도이기도 했다. 낯선 이들에게 품는 두려움과 불신, 나아가 증오의 척도이자 스스로를 기피하고 경멸하는 마음의 척도였다.

하지만 논의를 이렇게 마무리할 수는 없다. 그게 다는 아니었으니까. 그럼에도 내가 도망쳐 온 삶에는 매우 감동적이고도 희귀한 것, 즉 열의와 기쁨과 재난에 맞서 살아남을 능력이 있었다. 포주와 매춘부, 협잡꾼, 교회 신도, 아이를 막론하고 우리는 억압과 함께 짊어져야 하는 구체적이고도 기이한 위험들로 인해 하나로 묶여 있었던 것이다. 그리고 그 한계 내에서 우리는 이따금 함께 사랑에 근접한 자유를 누렸던 것 같다. 교회에서의 저녁 식사와 나들이를 기억한다. 교회를 떠난 뒤 참석한 집세 마련용 파티에서는 분노와 슬픔이 어둠 속에 도사릴 뿐 끓어오르지 않았다. 우리는 먹고 마시고 말하고 웃고 춤추면서 〈그 사람〉에 대해서는 까맣게 잊을 수 있었다. 술과 닭고기와 음악과 서로가 있었기에 다른 누군가가 된 시늉을 할 필요가 없었다. 그것이 몇몇 가스펠과 재즈에서 느끼는 자유다. 재즈 중에서도 특히 블루스에는 신랄하고 아이러 니하며 위압적인 양날의 무언가가 존재한다. 백인 미 국인들은 즐거운 노래가 〈즐겁고〉 슬픈 노래가 〈슬프 다〉고 느끼는 모양이다. 딱하게도 대부분의 백인들이 그런 식으로 노래를 부른다. 두 경우 모두 무방비하고 무력하게 느껴질 만큼 공허한 소리가 난다. 그 작고 용감하고 무성적인 목소리들이 흘러나오는 심장은 대체 얼마나 꽁꽁 얼어붙어 있는 건지 짐작조차 못 하 겠다. 노래 가사처럼 〈변두리에 있어 본〉 사람들만이 이 음악을 이해할 수 있다. 빅 빌 브룬지[5]인가 하는 가 수가 부른 아주 흥겨운 노래 「기분이 참 좋군I Feel So Good」은 자기 여자를 만나러 기차역으로 향하는 남 자에 관한 노래다. 떠났던 여자가 집에 돌아온다. 감 정이 충만한 가수의 목소리에서 그녀가 떠나 있던 시 간이 얼마나 울적했는지 느껴진다. 화자가 분명히 알 다시피 그녀는 이번에도 머무를 거라는 보장이 없고, 사실 아직 도착하지도 않았다. 오늘 밤이나 내일 혹은

5 Big Bill Broonzy(1893~1958). 20세기 블루스 음악의 발전에 기 여한 미국의 기타 연주자이자 싱어송라이터.

5분 뒤에 가수는 「내 침실에서 외로이Lonesome in My Bedroom」를 부르거나 이렇게 우기고 있을지도 모른다. 〈우리는, 우리는, 다 잘될 거야. 뭐, 오늘이 아니라면 내일 밤에 잘될 거야.〉 백인 미국인들은 이렇듯 역설적인 고집이 얼마나 깊은 데서 우러나왔는지 모르고 그것이 단지 감각적인 힘이라고 짐작한다. 그러면서도 백인들은 그 감각을 이해하지 못하고 두려워한다. 여기서 〈감각적〉이라는 단어는 몸을 떨고 있는 까무잡잡한 처녀나 호색한인 검은 종마를 연상시키려는 것이 아니다. 이 단어가 가리키는 바는 훨씬 단순하고 현실적이다. 〈감각적〉이란 삶과 삶 자체의 힘을 존중하고 기뻐하며, 사랑부터 빵 굽기에 이르기까지 자신이 하는 모든 일에 현존하는 것을 뜻한다. 말이 난 김에 덧붙이자면, 미국인들이 불경스럽고 맛없는 대체재인 스펀지 대신 다시 빵을 먹기 시작할 때 미국은 위대한 날을 맞을 것이다. 호들갑을 떨려는 게 아니다. 여기 미국에서처럼 자신의 반응을 불신하고 기쁨을 잃게 되면 대단히 해로운 일이 벌어진다. 백인 미국인 남녀는 자신에 대한 확신이 없고 자기 삶의 샘물에서 스스로 새로이 하지 못하기에 어떠한 난제도 — 즉 어떠한 현실도 — 설명은 고사하고 논하는 것조차 극히 어렵게 느낀다. 스스로를 불신하는 자에게는 현실의 기준점이 될 만한 시금석이 없다. 시금석은 오로지 자기 자신일 수밖에 없기 때문이다. 그런 사람은 자신과 현실 사이에 미로 같은 태도들을 끼워 넣는다. 게다가 본인은 보통 의식하지 못하지만(워낙 의식하지 못하는 게 많으니!) 그것은 역사적이고 공적인 태도이지 그 사람 개인과 무관하며 현재와도 더 이상 관련이 없다. 따라서 백인이 흑인에 대해 모른다는 것은 그들이 자신에 대해 무엇을 모르는지 엄밀하고도 가차 없이 드러낸다.

백인 기독교인들은 몇 가지 기초가 되는 역사적 사실을 잊었다. 그들은 자신들의 미덕이며 힘과 동일시되는 그 종교가 — 페르부르트[6] 박사는 〈신은 우리 편이다〉라고 말했다 — 인종이 발명되기 전 현재 중동이라 불리는 돌투성이 땅에서 비롯되었으며 기독교

6 Hendrik Frensch Verwoerd(1901~1966). 남아프리카 공화국에서 아파르트헤이트를 설계하고 차별적인 법체계를 구축한 네덜란드 태생의 정치인.

회가 성립되기 위해 그리스도는 로마인에 의해 처형당해야 했다는 것, 기독교회의 진짜 건축가는 기독교라는 이름의 유래가 된 볕에 탄 초라한 히브리인이 아니라 무자비하리만큼 광적이고 독선적인 성 바울이라는 사실이다. 기독 국가의 부상과 함께 땅에 묻히고만 힘은 세상에 돌아오고 말 것이다. 무엇도 이를 막지 못하리라. 많은 사람들이 이를 고대하면서도 두려워하는데, 이런 변화는 해방의 희망을 품고 있으나 한편으로는 불가피하게 많은 변화를 불러오기 때문이다. 예속된 자들에게 잠재되어 있는 미개척의 힘과 마주하기 위하여, 도덕적 무게를 지니고 움직이는 인간으로서 살아남기 위하여 미국과 다른 서구 국가들에게 주어진 과제가 있다. 스스로를 점검하고, 현재 신성시되는 것에서 풀려나고, 너무나 오랫동안 자신들의 삶과 고뇌와 범죄를 합리화하는 데 사용해 온 대부분의 전제를 버리는 것이다.

흑인 무슬림 목사가 노래한다. 〈백인의 천국은 흑인의 지옥이라네.〉 지나친 단순화라고 반박할지 모르겠으나 — 가능한 반박이다 — 이 노래는 진실이며 백인들이 세상을 지배한 이래 쭉 진실이었다. 아프리카인들은 다르게 표현한다. 백인들이 아프리카에 왔을때 백인에게는 성경이 있었고 흑인에게는 땅이 있었지만, 이제 백인은 피투성이가 된 채 어쩔 도리 없이땅에서 분리되고 있으며 아프리카인은 여전히 성경을 소화시키거나 토해 내려 애쓰고 있다. 따라서 지금세상에서 시작된 지극히 복잡한 싸움은 힘의 영역 —즉 정치 — 과 도덕의 영역에서 기독교가 역사적으로수행해 온 역할이 관여한다. 힘의 영역에서 기독교는전적으로 오만하고 잔혹하게 기능했다. 종교란 으레참된 믿음을 찾은 이들에게 불신자들을 해방시키는영적 임무를 부과하므로. 게다가 무수한 불신자들의육체 — 그리고 시체 — 가 증언하는 바 기독교의 참된 믿음은 몸보다 영혼에 더 깊이 관여하고 있다. 그렇다면 참된 믿음의 권위에 의문을 제기하는 사람은이 믿음으로써 그를 지배하는 국가들의 권리에도 도전장을 내미는 셈이다. 요컨대 그의 땅에 대한 그들의소유권에 맞서는 셈이다. — 일부 선교사들의 동기나고결성이나 영웅주의는 논외로 하고 — 복음의 전파는 깃발 꽂기 사업을 정당화하는 데 절대적으로 기여했다. 신부와 수녀와 교사들은 천국의 도시가 아니라 포로들의 손으로 지어야 할 도시를 찾아 나선 사람들이 무자비하게 휘두른 힘을 보호하고 축성하는 데 일조했다. 기독교회는 — 앞서 말했듯 일부 목사와는 구별되는 이야기인데 — 깃발의 정복을 축성하고 기뻐했으며, 서구인들의 상대적 안녕이라는 결과를 가져온 정복이 신이 호의를 보낸 증거라는 믿음을 만들거나 적어도 부추겼다. 신은 사막으로부터 먼 길을 왔다. 그러나 알라 역시 완전히 다른 방향에서 먼 길을 왔다. 하느님은 북쪽으로 가서 권력의 날개를 타고 올라 백인이 되었고, 천국의 어두운 곳에서 힘을 얻지 못한 알라는 실용적 목적으로 흑인이 되었다. 그러므로 도덕의 영역에서 기독교의 역할은 기껏해야 양가적이었다. 타인의 방식과 도덕성이 기독교인들에 비해 열등하다고 추정하고, 자신에게 그들을 바꿀 권리가 충분하다고 믿으며, 그러기 위해서는 어떤 수단이든 사용할 수 있다고 믿는 대단한 오만은 차치하더라도 문화 간의 충돌은 — 그리고 기독교 세계의 정신적 조현병은 — 도덕의 영역을 한때 바다가 그랬듯 이해할 수 없게끔, 바다가 지금도 그렇듯 신뢰할 수 없게끔 만들었다. 진정 도덕적인 인간이 되고자 하는 자는 — 이것이 가능한지는 묻지 말도록 하자. 나는 우리가 가능하다고 믿어야 한다고 생각한다 — 우선 기독교회의 모든 금지와 범죄와 위선으로부터 탈피해야 한다. 만약 신이라는 개념에 유효성이나 쓰임이 있다면, 그건 오로지 우리를 더 크고 자유롭고 사랑스러운 존재로 만드는 것이리라. 그러지 못한다면 이제 신을 없애야 할 때다.

일라이자 무함마드 선생과 그가 이끄는 이슬람 국가 운동에 대해서는 그를 직접 대면하기 훨씬 전부터 들은 바가 많았다. 하지만 그가 전하는 묵직한 메시지가 내게 그다지 독창적으로 와닿지 않았기 때문에 특별히 주의를 기울이진 않았다. 평생 들어 온 말의 변형일 따름이었다. 토요일 밤이면 때때로 할렘 125번가와 7번 길 교차점에 몰려든 인파에 섞여 무슬림 연사들의 말을 듣기도 했다. 처음에는 지금껏 들어 온

75

수백 가지 연설과 다를 바가 없다고 생각했다. 설교단이나 가두 연단 부근에서 들려오는 소리를 꽤 오랫동안 기어코 무시하며 살아오기도 했다. 백인에 대한 그들의 이야기는 과거에도 종종 들은 적이 있었다. 미국 내에서 별개의 흑인 경제를 요구하는 주장 역시 이전부터 있었는데, 내게는 거의 말장난이나 다름없는 막무가내 주장처럼 들렸다. 그런 내가 무슬림 연사들의 말에 귀를 기울이게 된 것은 두 가지 이유 때문이었다. 하나는 경찰들의 태도 변화였다. 바로 그 교차로에서 연사들이 대수롭지 않은 발언으로 연단에서 끌려 내려오고, 군중이 곤봉을 들거나 말에 탄 경찰들에 의해 해산당하는 걸 여러 차례 보았다. 그러나 지금은 경찰이 손을 놓고 있었다. 그들이 하루아침에 인간적으로 변했을 리는 없고, 어떤 지시가 내려진 게 분명했다. 그들은 겁을 먹고 있었다. 그 겁먹은 태도가 나는 무척 우스웠다. 보이 스카우트 단복 같은 제복 차림의 경찰 두서넛이 모여서 보이 스카우트 단원처럼 어쩔 줄 모르는 표정을 짓고 있었다. 미국 사나이들이 곤봉이나 주먹이나 총으로 해결할 수 없는 상황에 놓이면 속수무책이 되듯이. 나는 그들의 손아귀에 자주 붙잡혔고, 추한 경험을 통해 그들이 자기네가 권력을 잡았을 때와 우리가 권력을 잡았을 때 어떻게 달라지는지 알았기에 그들을 동정하지는 않았다. 귀를 쫑긋 세우고 묵묵히 경청하는 군중의 태도 역시 연사들과 그들의 메시지를 재평가하게 했다. 가끔 정치적 메시지를 내용과 무관하게 일단 받아들이는 것이 미국인의 특징이라는 절망적인 생각도 든다. 지난 몇 년 동안 우리가 한 일이 그것밖에 더 있겠는가. 특히 여러 차례 선동당한 적이 있는 할렘에서 이런 통합감이 아주 놀랄 만한 변화라고 말하는 건 무의미할 것이다. 그렇지만 연사들은 전심을 다하는 분위기였고, 지켜보는 사람들의 얼굴에는 희망을 이해한 듯한 표정이 떠올랐다. 위안을 받거나 약으로 진정된 것이 아니라 갑자기 정신이 번쩍 난 모습이었다.

내가 들은 연설들의 주제는 권력이었다. 이슬람 국가는 교리에서 모든 백인이 저주받았으며 악마이고 곧 멸망할 거라는 역사적·신학적 증거를 제시했다. 알라 본인이 그의 예언자인 일라이자 무함마드 선생에게 그렇게 밝혔다고 했다. 앞으로 10~15년 뒤에 백인의 통치는 영영 끝날 것이다(현재 모든 정황들이 예언자의 말이 정확하다는 증거로 보였다는 사실은 인정해야겠다). 군중은 손쉽게 이 신학을 받아들이는 듯했는데 — 내가 이해한 바로는 예루살렘의 양측과 이스탄불과 로마에서 모든 군중이 똑같이 손쉽게 신학을 받아들인다 — 따져 보면 함의 후예들에게 저주가 내려졌다고 주장하는, 한결 친숙한 종교의 신학보다 딱히 소화하기 어려울 것도 없었다. 더 어렵지도 덜 어렵지도 않다. 신학이 설계된 목적도 같았다. 이름하여 권력의 축성. 하지만 연설에서 신학에 할애된 시간은 얼마 되지 않았다. 할렘의 청중을 대상으로 모든 백인이 악마라는 사실은 굳이 입증할 필요가 없었기 때문이다. 청중은 마침내 자신의 경험을 신학적으로 확증받고, 자신이 수십 년 동안 여러 세대를 거쳐 거짓말을 들어 왔으며 포로 생활이 이제 끝나 가고 있다는 말을, 왜냐하면 신이 흑인이기 때문이라는 말을 — 어찌나 굉장한 말인지 — 듣는 게 그저 반가울 뿐이었다. 이런 말이 나온 게 처음은 아닌데 어째서 청중은 이제야 귀를 기울이고 있는 걸까? 나 역시 자라면서 내내 다수의 예언자로부터 같은 주장을 들었다. 일라이자 무함마드도 하룻밤 사이에 부상한 스타가 아니라 30년째 같은 메시지를 전하고 있었다. 일라이자 무함마드는 여섯 살 즈음 눈앞에서 아버지가 (그 대단한 주권(州權)을 등에 업은 자들에게) 린치를 당하는 사건을 겪고 성직자가 되기로 결심했다고 한다. 사람들은 갑자기 전에 듣지 못했던 메시지를 듣고 믿으며 달라지고 있다. 일라이자 무함마드는 수 세대에 걸쳐 복지 사업가와 위원회와 결의안과 보고서와 주거 프로젝트와 놀이터가 실패한 일을 해내고 있었다. 주정뱅이와 약쟁이들을 치유하고 구제하는 것, 교도소에서 나온 자들을 개종시키고 다시 옥살이를 하지 않도록 돕는 것, 남자들을 순결하게, 여자들을 정숙하게 만드는 것, 남녀 모두에게 꺼지지 않는 불빛처럼 그들을 밝혀 줄 긍지와 평정을 불어넣는 것. 우리 기독교회가 장엄하게 실패한 일들을 일라이자 무함마드는 전부 해냈다. 어떻게 가능했을까?

어찌 보면 — 무함마드의 고유한 역할과 고유한 운

동을 깎아내릴 마음은 전연 없지만 ─ 그 일을 해낸 건 무함마드가 아니라 시간이었다. 시간은 왕국을 따라잡아 무너뜨린다. 교리에 이빨을 박아 넣고 찢어발긴다. 모든 왕국이 세워진 토대를 까발리고 그것을 부식시키며 교리가 거짓임을 증명하여 파괴한다. 그리 멀지 않은 과거, 로마에 위치한 교회의 사제들이 무방비한 흑인 국가를 ─ 그 사건이 있기 전까지는 스스로 흑인 국가라는 자각도 없었던 국가를 ─ 유린하러 가는 이탈리아 남자들에게 신의 축복을 내렸던 시대에 흑인 신을 믿기란 불가능했다. 그런 믿음을 품는 것은 광기를 품는 것이었다. 그러나 세월이 흐르면서 기독교 세계는 도덕적으로 파탄했고 스스로 정치적 불안정을 드러냈다. 1956년에 ─ 이때는 서양(그리고 아프리카) 역사에서 아주 의미 있는 순간인데 ─ 프랑스가 북아프리카에 남을 이유로 둘러댄 핑계에 대고 〈프랑스인들은 자치할 준비가 되어 있는가?〉라고 반문했던 튀니지 사람들이 옳았다. 〈문명〉과 〈기독교〉라는 용어들이 아주 기이한 울림을 갖기 시작했다. 특히 제삼 제국 시대 독일처럼 기독교 국가가 추하고 폭력적인 난행에 고개 숙이는 것을 목격한, 소위 〈문명화되지 않았다〉고 평가받는 비기독교인들의 귀에 그러했다. 수백만 명의 사람들이 조상의 죄로 인해 20세기 중순 유럽 — 신의 성채라는 바로 그곳 — 한복판에서 계몽된 우리 시대 이전 사람들은 행하거나 기록하는 것은 물론이요 상상조차 하지 못했을 지극히 계획적이고 악랄한 죽임을 장기간에 걸쳐 당했다. 게다가 서양 내부자들과 달리 서양의 발꿈치 아래 짓눌린 자들은 현재 유럽에서 독일이 〈문명화되지 않은〉 무리에 대한 방어벽 역할을 하고 있다는 걸 인지했다. 무력한 자들이 원하는 것은 힘이다. 그들은 우리 서양 사람들이 무엇을 유지하고자 하는지 아주 잘 알고 있으며, 우리가 단 한 번도 진정으로 그들과 나누기를 원치 않은 자유 운운하는 이야기에 속아 넘어가지 않는다. 내 관점에서 기독교의 우월성 문제는 제삼 제국의 존재 하나만으로 한물간 논제가 되어 버렸다. 기술적 측면을 따지는 게 아니라면 말이다. 백인들은 지금까지도 독일의 홀로코스트에 경악하고 있다. 자신들이 그렇게 행동할 수 있을 줄 몰랐던 거다.

그러나 흑인들이 경악했는가 하면, 글쎄올시다. 적어
도 백인들과 같은 것에 놀라지는 않았다. 나는 유대인
들이 처한 운명과 세상의 무관심에 심한 공포를 느꼈
다. 미국이 니그로를 지금까지 한 것처럼 조금씩 마구
잡이로 죽이는 게 아니라 체계적으로 말살하기로 결
정한다면 이 비통한 시대에 내가 이미 잘 알고 있는
인간적 무관심이 내가 받게 될 몫이라는 걸 감지할 수
밖에 없었다. 나는 독일의 유대인들에게 일어난 일이
미국의 니그로들에게는 일어날 수 없을 거라는 확언
을 권위자에게 들었지만, 독일의 유대인들도 비슷한
확언을 믿었을 거라는 음산한 생각이 일었다. 미국의
백인들은 서로를 대하는 것과 같은 방식으로 흑인을
대하지 않는다. 그 사실 하나만으로도 나는 백인이 스
스로를 보는 자아상을 공유할 수 없었다. 백인이 흑인
을 마주할 때, 특히 그 흑인이 무력할 때 끔찍한 사실
들이 밝혀진다. 나는 안다. 경찰서 지하로 자주 끌려
가 보았으므로. 나는 궁지에 몰린 백인 남녀의 비밀을
보고 듣고 견뎠는데, 그들은 내 앞에서 비밀을 까발려
도 안전하다고 여겼다. 내가 입을 열더라도 아무도 나

를 믿지 않으리라는 걸 알았기 때문이다. 내 말이 진실인 걸 알아서, 바로 그 이유로 아무도 나를 믿지 않을 것이다.

제2차 세계 대전이 벌어지는 동안 니그로에 대한 대우는 내게 미국과 니그로의 관계를 다시 보는 전환점이 되었다. 지극히 단순하게 요약하자면 어떤 희망이 죽었고, 백인 미국인에 대한 어떤 존경이 옅어졌다. 우리는 백인을 동정하거나 증오하게 되었다. 조국의 군복 차림으로 죽음을 무릅쓰고 나라를 지키면서 전우들과 장교들에게 〈검둥이〉로 불리는 사람의 입장을 한번 생각해 보라. 거의 항상 제일 힘들고 더럽고 천한 일이 주어지는 사람. 백인 군인이 유럽인들에게 자신이 인간 이하라고 일러 주었다는 사실을 아는 사람(미국 남성의 성적 자신감, 그까짓 게 뭐라고). 미군 위문 협회의 밤에 백인 군인들과 함께 춤추지 않고 백인 군인들이 술을 마시는 바에서 술을 마시지 않는 사람. 독일 전쟁 포로들이 자신이 평생 경험한 것보다 인간적으로 훨씬 존엄하게 대우받는 모습을 지켜보는 사람. 동시에 한 인간으로서는 고향보다 낯선 땅에서 훨씬 자유로운 사람. 고향! 이 단어가 절망스럽고 사악한 울림을 갖기 시작한다. 그가 이 모든 일을 겪고 버틴 뒤 고향에 돌아왔을 때 어떤 일이 벌어질지도 생각해 보자. 고향에서 그는 제 발로 일자리와 살 곳을 찾아 나서야 하고, 흑인의 피부를 지닌 채 인종 분리 버스에 타야 한다. 눈으로는 〈백인〉과 〈유색 인종〉이라고 적힌 표지판을 봐야 한다. 특히 〈백인 숙녀〉와 〈유색 인종 여자〉라고 적힌 표지판을 봐야 하고, 아내와 아들의 눈을 들여다봐야 하고, 귀로는 남북의 정치 연설을 들어야 한다. 매번 〈당신은 대기하라〉는 말을 듣는 게 어떤 기분일지 상상해 보라. 20세기 중반 세상에서 가장 부유하고 자유로운 나라에서 이런 일이 일어나고 있다. 미묘하나 치명적인 마음의 변화는 문명을 파괴하는 주체가 반드시 사악한 사람들이 아니라는 깨달음에서 시작된다. 사악하지 않더라도 주관이 없는 것만으로 충분하다. 몇 달 전 시카고 오헤어 공항 바에서 나와 다른 니그로 지인 셋이 바텐더에게 주문을 거부당한 일이 있었다. 우리는 모두 서른이 넘었고 겉보기에도 그만큼 나이가 들었는데, 그는 우리가 너무 어려 보인다는 이유를 댔다. 그의 목을 조르지 않으려 대단한 인내심을 발휘해야 했다. 우리는 한참 목소리를 높이고 나서도 행운이 약간 따른 뒤에야 매니저를 만날 수 있었는데, 그는 바텐더가 〈신입〉이라 스무 살짜리 니그로 소년과 37세의 니그로 〈소년〉을 구분하는 법을 아직 익히지 못했을 거라며 그를 감쌌다. 마침내 주문을 할 수 있었지만, 그쯤 되자 스카치를 아무리 목구멍에 들이부어도 소용없었다. 우리가 시끄럽게 언쟁을 벌이는 내내 손님으로 붐비는 바에서 아무도 우리를 돕지 않았다. 말싸움을 끝낸 우리 세 사람은 바에 서서 분노와 좌절로 몸을 떨며 술을 마셨다. 술을 몇 잔 하고 식사를 하러 갈 계획으로 일찍 바를 방문한 것이었는데 어디에도 가지 못하게 된 것이다. 그때 우리 근처에 서 있던 젊은 백인 남자가 우리에게 학생이냐고 물었다. 그래야만 우리가 소란을 일으킨 게 설명된다고 생각한 모양이다. 나는 그에게 당신이 아까 우리와 대화하지 않았으니 지금 우리도 당신과 대화하지 않겠다고 말했다. 우리의 대답에 기분이 상한 기색을 역력히 내비치는 그가 경멸스러웠다. 한국 전쟁 참전 용사인 내 일행이 그 젊은이에게 방금 우리가 한 싸움은 당신의 싸움이기도 하다고 말하자 그는 〈양심을 잃은 지 오래입니다〉라고 대꾸하고는 몸을 돌려 바를 걸어 나갔다. 인정하기 싫겠지만 이 젊은이가 지금 미국의 전형이다. 증거를 기반으로 보건대 바에 있던 모든 사람이 양심을 잃었으니까. 몇 년 전의 나라면 전심을 다해 그들을 증오했을 테지만, 이제는 그들이 딱했다. 경멸하지 않기 위해 나는 그들을 동정했다. 그것이 조국의 동포에게 느낄 수 있는 최고의 감정은 아니리라.

오늘날은 온 세상이 함께 멸종할 위기에 놓여 있으며, 그 사실이 현실의 속성을 완전히 뒤바꾸고 인류사의 진정한 의미에 심각한 의문을 제기한다. 우리 인류에게는 이제 스스로를 절멸시킬 힘이 있다. 그게 우리가 이루어 낸 것의 총합이다. 우리는 여정에 올라, 신의 이름으로 이곳에 도착했다. 이것이 신(백인 신)이할 수 있는 최선인 셈이다. 그렇다면 그를 다른 이로 대체할 때도 되지 않았는가. 그런데 누구로? 스톡홀름의 길거리에서 뉴올리언스의 교회와 할렘의 보도까지 서양의 모든 곳에서 바로 이런 허무와 절망과 고뇌가 느껴진다.

신은 흑인이다. 모든 흑인은 선택받은 자로서 이슬람에 속한다. 이슬람이 세계를 지배할지어다. 이 주장은 구태의연한 꿈과 감성에 새로운 색깔을 덧칠한 것에 불과하다. 억압당하는 미국의 흑인 남녀 수천 명이 무슬림 목사의 말을 듣고 나서 이러한 꿈과 달콤한 가능성을 품은 채 어둡고 시끄러운 게토의 거리를 걸어, 너무나 많은 이들이 스러져 간 돼지우리로 돌아간다. 백인 신은 그들을 구제하지 못했다. 흑인 신이라면 가능할지도 모른다.

지난여름 시카고에 머무는 동안 일라이자 무함마드 선생이 저녁 식사를 같이하자며 나를 집으로 초청했다. 그의 집은 시카고 남쪽의 위풍당당한 저택으로 이슬람 국가 운동 본부로 쓰이고 있었다. 나는 일라이자 무함마드를 만나기 위해서 시카고에 간 게 아니었지만 — 그는 내 안중에도 없었다 — 초대를 받자 그와의 만남을 예상했어야 마땅하다는 생각이 들었다. 어떤 면에서 내가 그에게 초대받은 건 백인 진보주의

자들의 믿을 수 없을 정도로 지독하고 비겁한 둔감함 때문이다. 나는 흑인 무슬림 운동이 어떻게 시작되었으며 어떻게 그만한 힘을 얻게 되었는지 설명하려 해보았지만 사적인 대화에서나 공적인 토론에서나 아무런 반응이 돌아오지 않았다. 이는 진보주의자들의 태도가 그들의 인식이나 삶, 심지어 지식과도 거의 무관하다는 것을 — 그들이 니그로를 상징이나 피해자로 대할 수는 있지만 사람으로 느끼지는 않는다는 것을 — 드러냈다. 이슬람 국가 운동의 2인자로 간주되며 일라이자 무함마드의 명백한 후계자인 맬컴 엑스가 이스라엘인들이 이스라엘을 되찾고자 싸울 때는 아무도 〈폭력〉이라고 비난하지 않았으나 흑인들이 자신의 권리를 두고 싸우려 하자 〈폭력〉이라는 비난이 쏟아졌다고 지적할 때, 그는 진실을 말하고 있다. 영국의 정복은 한 차례도 빠짐없이 피로써 이루어졌는데, 이것이 미국인이 말하는 영국의 영광 가운데 일부다. 미국에서 폭력과 영웅주의는 동의어가 되었으나 흑인에게만큼은 예외다. 맬컴의 주장을 반박하고 싶다면 일단 그 주장을 인정하고 이유를 자문해야 한다. 맬컴의 주장에 대고 전미 흑인 지위 향상 협회의 승리를 운운할 수는 없다. 그 주된 이유는 법정에 제출할 증거를 찾는 일이 얼마나 많은 시간과 비용과 노고를 필요로 하는지, 그런 법정 싸움이 얼마나 오래 걸리는지 조금이나마 인지하고 있는 진보주의자가 드물기 때문이다. 학생 연좌 운동을 언급할 수도 없는데, 모든 니그로가 학생이거나 남부에 사는 것은 아니기 때문이다. 나는 단지 맬컴의 결론에 동의하지 않아서, 혹은 진보주의자들의 양심을 달래고 싶어서 맬컴의 주장에 진실이 깃들어 있음을 부인하는 입장에 서기를 단연코 거부한다. 실제로 상황은 무슬림들이 말하는 것만큼이나 나쁘다. 아니, 실은 그보다 더 나쁘며 무슬림들도 딱히 보탬이 되는 건 아니다. 그러나 흑인들이 백인들보다 더 인내하고, 더 관대함을 발휘하고, 더 큰 통찰력을 지녀야 할 이유는 전혀 없다. 비폭력이 니그로의 미덕으로 간주되는 진짜 이유는 — 그 인종적 가치는 별개의 문제이니 여기서 이야기하지 않겠다 — 백인들이 자신의 생명과 자아상과 재산이 위협받는 걸 원치 않기 때문이다. 그들이 더 자주 이 사실

89

을 인정해 주면 좋으련만. 나는 맬컴 엑스와 함께 텔
레비전 프로그램에 출연한 적이 있다. 그 말미에 한
백인 방청객이 맬컴의 말을 끊고 말했다. 「내게는 천
달러와 땅 1에이커가 있습니다. 이건 어떻게 될까
요?」 나는 직설적인 질문에 감탄했으나 맬컴의 대답
은 듣지 못했다. 그때 나는 또 다른 사람에게 백 년 전
아일랜드인의 상황과 오늘날 니그로의 상황을 비교
하는 것이 적절하지 않다고 설명하려 애쓰고 있었다.
니그로는 아주 오래전, 아일랜드인들이 아일랜드를
떠날 생각조차 없었을 때 사슬에 묶여 이곳에 끌려왔
다. 우리보다 훨씬 늦게 도착한 이민자들이 — 자발
적으로 이곳을 찾아온 이민자들이 — 우리보다 훨씬
높은 신분 상승을 이루었다는 말에서 우리가 어떤 위
안을 얻을 수 있겠는가? 복도에서 엘리베이터를 기다
리고 있는데 누군가 내 손을 잡고 말했다. 「제임스 볼
드윈 씨, 안녕히 계십시오. 곧 당신을 제임스 엑스라
고 부르게 되겠군요.」 그 끔찍한 순간 나는 생각했다.
신이시여, 계속 이런 식이라면 정말 그렇게 되겠군요.
일라이자 무함마드도 내가 출연한 프로그램을 보았

을 테고 내 이야기도 들었을 것이다. 그리하여 어느 무더운 일요일 오후 늦게 나는 그의 저택 문 앞에 섰다.

왕의 거처에 소환당한 것이니만큼 두려웠다. 겁낼 이유가 하나 더 있었다. 내 안에서는 사랑과 권력, 고통과 분노가 팽팽한 긴장 관계를 이루었으며 나는 그 기둥들 사이에 기이한 방식으로 힘겹게 걸쳐 있었다. 끝없이 더 나은 선택을 시도하고 있었으나 내 선택은 개인적이고 사적인 차원의 선택이었다(어쨌든 나는 작가였으니까). 그것이 사회적 차원에서는 더 나쁜 게 아니었을까? 이곳 문간에서부터 시선이 닿는 저 멀리까지 펼쳐진 남부에 백만 명이 갇혀 있었다. 그들은 아무것도 읽지 않았다. 우울한 사람들에겐 남는 시간도 에너지도 없었다. 여유로운 사람들이 그들을 도와야 마땅하지만, 그 사람들 역시 내가 아는 한 아무것도 읽지 않았다. 책을 사서 게걸스럽게 읽기는 했지만 배우기 위해서가 아니었다. 새로운 태도를 배우기 위해서가 아니었다. 나는 이 집에 들어가면 담배를 피우거나 술을 마실 수 없다는 걸 알았기에 수년 전 친구가 처음 교회에 데려갔던 날처럼 주머니 속 담배에 대해 죄책감을 느꼈다. 그 와중에 길을 헤매느라 30분이나 늦었고, 학생처럼 혼이 나도 싸다고 느꼈다.

문을 열어 준 젊은 남자는 — 서른 살 언저리에 잘생겼고 웃는 낯이었다 — 내가 늦은 것에 개의치 않는 듯 보였고, 나를 큰 방으로 안내했다. 방 한쪽에는 흰옷을 입은 여인 여섯이 앉아 있었다. 그들은 가장 어린 여인의 자식으로 보이는 예쁜 아기에게 정신이 팔려 있었다. 방 반대쪽에는 짙은 색 정장을 입은 젊은 남자 일고여덟 명이 앉아 있었는데 모두 아주 편안하고 당당해 보였다. 방 안으로 이른 유년의 기억 속 방처럼 평화롭게 햇살이 들어왔다. 자란 뒤에는 꿈속에서나 만날 수 있는 종류의 햇살이었다. 그 방의 고요함과 편안함, 평화와 품위에 놀랐던 것을 기억한다. 내가 누구인지 소개하자 사람들은 진심 어린 온정과 존경으로 나를 맞았다. 그들이 보내는 존경에 나는 더욱 두려워졌다. 그들은 내게 나 자신은 줄 수 없다고 예감하는 것을 기대하고 있는 듯했다. 자리에 앉고 보니 일라이자 무함마드는 방 안에 없었다. 대화는 느렸지만 우려한 만큼 딱딱하지는 않았다. 나는 어떤 화제가 적절한지 몰라서 그들이 이끄는 대로 대화를 따라갔다. 그들은 나에 대해 잘 알았고, 내 글을 예상보다 많이 읽었다. 나는 그들이 나를 어떻게 생각하는지, 내가 어떤 면에서 그들에게 유용하다고 여기는지 궁금했다. 여자들은 낮은 목소리로 자기들끼리 대화를 이어 갔는데, 내가 파악하기로 남자들의 대화에 관여해선 안 되는 것 같았다. 몇몇 여자들이 저녁 식사를 준비하며 방을 들락거렸다. 우리 남자들은 한 주제를 깊이 파고드는 법이 없었는데 모두 일라이자가 오기만을 기다리고 있는 게 확실했다. 남자들이 한 명씩 방을 떠났다가 돌아왔다. 이윽고 내게도 씻고 싶으냐고 묻기에 나는 복도를 따라 화장실에 갔다. 방에 돌아오고 얼마 지나지 않아 우리는 자리에서 일어났다. 일라이자가 방에 들어왔다.

그때 내가 무얼 보게 될 거라 예상했는지 모르겠다. 그의 연설문을 몇 편 읽어 보았고 라디오와 텔레비전에서 연설의 일부를 들은 적도 있어서 나는 그가 사나운 사람일 거라고 상상했다. 하지만 아니었다. 방 안에 들어온 남자는 작고 날씬하며 생김새가 몹시 섬세했다. 갸름한 얼굴에 크고 따뜻한 눈, 그리고 대단히 매력적인 미소까지. 그가 입장하자 방 안의 분위기가 확 달라졌다. 그를 본 제자들의 기쁨과 제자들을 본 그의 기쁨이 방 안을 메웠다. 그는 마치 아버지처럼 여자들에게 장난을 걸었는데, 내가 다른 교회에서 봐서 잘 아는 흉하고 번지르르한 경박함의 기미는 없었다. 여자들도 같은 식으로 대단히 자유롭게, 그러나 크나큰 사랑을 담은 경외로 답했다. 그는 방에 들어올 때 내게 흘깃 눈길을 주었지만, 바로 내 쪽을 보지는 않았다. 다만 자녀들처럼 보이는 사람들과 말하고 웃는 동안 나를 재보면서 무언가를 판단하고 있다는 인상을 주었다. 이윽고 그는 몸을 돌려 예의 근사한 미소로 나를 환영했다. 그 순간 나는 목사가 미소를 지으면서 〈꼬마야, 너는 누구의 사람이니?〉라고 물었던 24년 전 그 순간으로 돌아갔다. 하지만 그때처럼 답하지는 않았다. 세상에는 재차 할 수 없는 일들이 있기 마련이다(아아, 많진 않다!). 그는 내게 어떤 감정을 일으켰고, 나는 그 특유의 권위에 이끌렸다. 그의

미소는 내 어깨에서 인생의 짐을 덜어 주겠노라 약속
했다. 〈그대 인생의 짐을 주님께 가져가 그곳에 둘지
어다.〉 일라이자의 얼굴에는 고통이 자리 잡고 있었
고, 그 미소가 고통의 증인이었다. 너무나 오래되고
깊고 짙어서 웃을 때만 개인적이고 고유한 것이 되는
고통. 그가 노래를 한다면 어떤 소리를 낼지 궁금하게
만드는 고통. 그는 그런 미소를 띤 채 나를 보고 이렇
게 말했다. 「자네에게 할 말이 많지만 일단은 자리에
앉게나.」 나는 웃었다. 내가 아버지와 친했더라면 우
리 사이가 이랬을지도 모르겠다는 생각이 들었다.

   방에는 긴 식탁 두 개가 놓여 있었다. 식탁 하나에
는 남자들이, 나머지 하나에는 여자들이 앉았다. 일라
이자의 자리는 우리 식탁의 상석이었고 나는 그의 왼
쪽에 앉았다. 무얼 먹었는지는 잘 기억나지 않는다. 건
강하고 소박하고 넉넉한 음식이었는데 어찌나 건강
하고 소박하던지 내가 극히 퇴폐적인 사람으로 느껴
질 정도였다. 그래서 우유를 두 잔쯤 마셨다. 일라이자
는 나를 텔레비전에서 봤다며, 내가 아직 세뇌당하지
않고 나 자신이 되려고 노력하는 것처럼 보였다고 말

했다. 그렇게 말할 때 그가 내 눈을 똑바로 들여다보며 한 손으로 망가진 치아를 숨기려는 것처럼 입술을 반쯤 가린 게 이상하게도 내 신경을 긁었다. 그의 치아는 멀쩡했다. 그때 그가 교도소에 수감된 적이 있다는 이야기를 들었던 게 기억났다. 정확한 의미야 어떠하든 나는 나 자신이 되고 싶었지만, 일라이자가 뜻하는 바와 내가 뜻하는 바는 같지 않았다. 나는 일라이자에게 그렇다고, 나 자신이 되려고 노력 중이라고 답했지만 그 이상 무슨 말을 해야 할지 몰라 기다렸다.

일라이자가 말할 때마다 식탁에서는 후렴구처럼 〈옳으신 말씀입니다〉 하는 소리가 울려 퍼졌다. 이것이 내 신경을 건드렸다. 일라이자에게도 불쾌한 버릇이 있었다. 그는 질문과 논평을 내게 직접 말하지 않고 다른 사람을 거쳐 말했다. 이제 그는 오른쪽에 앉은 사람에게로 몸을 틀고 전에 나와 함께 텔레비전 프로그램에 출연한 백인 악마들에 대해 말하고 있었다. 그때 자네(나)는 어떤 기분이 들던가? 나는 답할 수 없었고, 내가 반드시 답해야 하는지도 확신할 수 없었다. 나는 그 사람들과 대화하며 분명히 격분했고 스스로 쓸모없는 사람이라고 느끼기도 했지만 그들이 악마라고 생각하지는 않았다. 일라이자는 백인들의 범죄에 관한 이야기를 계속 늘어놓았고 그때마다 〈옳으신 말씀입니다〉 하는 후렴구가 끝없이 이어졌다. 식탁에 앉은 누군가 말했다. 「백인은 악마가 분명합니다. 그자들의 행동이 증명하지요.」 나는 주위를 둘러보았다. 그 말을 한 사람은 가까스로 애티를 벗은 아주 젊은 남자였다. 낯빛이 굉장히 어둡고 심각해 보였으며 비통한 표정이었다. 일라이자는 아까처럼 부드럽게 농담하듯이 기독교와 기독교인들에 대해 이야기하기 시작했다. 그때쯤 나는 일라이자의 힘이 고집에서 나온다는 것을 알아차리기 시작했다. 그에게는 무엇 하나 계산된 것이 없었고 한 마디 한 마디가 진심이었다. 일라이자에 의하면 내가 백인이 악마라는 사실을 깨닫는 데 실패한 진짜 이유는 백인들의 가르침에 너무 오래 노출되었고, 단 한 번도 진정한 교육을 받지 못했기 때문이었다. 알라가 미국이 이토록 오래 지속되도록 허가한 이유는 오직 〈아메리칸 니그로라 불리는 자들〉을 위해서였다. 백인의 시대는 1913년에 진작 끝났지만 알라의 뜻은 잃어버린 흑인들의 국가, 이 나라의 흑인들이 백인 주인들로부터 해방되어 진실한 신앙인 이슬람으로 돌아오도록 하는 것이었다. 그 뜻이 완성되기 전까지 — 곧 그렇게 될 테지만 — 백인의 절멸은 연기되고 있다. 일라이자의 임무는 〈니그로라 불리는 자들〉을 이슬람으로 개종시키고, 알라의 선택을 받은 이들을 이 저주받은 국가에서 분리시키는 것이다. 백인은 자기 역사를 알고, 자신이 악마라는 것과 주어진 시간이 다해 가고 있다는 것도 알기에 모든 기술과 심리학과 과학과 〈속임수〉를 동원해 흑인들이 진실을 듣지 못하도록 방해하고 있다. 그 진실이란 태초에 우주에는 백인이 한 사람도 없었다는 것이다. 흑인이 지구를 지배했고 흑인은 완벽했다. 그것이 지금 백인들이 선사 시대라고 부르는 시대의 진실이다. 백인들은 흑인들이 백인들처럼 한때 동굴에 살았고 나무를 탔고 고기를 날것으로 먹었으며 말하는 능력이 없었다고 믿기를 바라지만, 그건 진실이 아니다. 흑인들은 그런 조건에 처한 적이 없었다. 알라는 악마로 하여금 과학자들을 통해 지옥의 실험들을 벌이도록 허락했는데, 그 결과가 백인으로 알려진 악마의 창조였으며 후에는 더 큰 재난으로 백인 여자들이 창조되었다. 이 괴물 같은 존재들이 지구를 정해진 몇 년 동안 — 정확히 몇천 년인지는 잊었으나 — 통치하도록 명해졌다. 어쨌거나 백인의 통치는 이제 끝나 가고, 애초에 백인의 창조를 허가한 적이 없었던 — 백인을 사람이 아니라 아예 악마로 알고 있는 — 알라는 백인이 부상하면서 산산이 파괴된 평화의 규칙을 재건하고자 한다. 백인은 본디 어떠한 미덕도 없고, 흑인과는 전연 다른 피조물이라 고양이가 교배에 의해 말이 될 수 없듯 교배에 의해 흑인이 될 수도 없다. 따라서 백인에게는 어떠한 가망도 없다.

이 무자비한 공식은 명쾌한 상징과 노골적인 증오를 제외하면 새로울 것 없었다. 감정적 어조가 내 살갗만큼이나 익숙했다. 말만 바꿨다 뿐이지, 〈죄인들은 지옥에 천 년 동안 묶여 있으리라〉는 메시지였다. 죄인이 언제나 백인이었다는 사실은 아메리칸 니그로에게 힘들여 설명할 필요 없는 진실이기에 모든 아메리칸 니그로는 편집증으로 향하는 문턱 앞에 서 있다. 전적으로 적대적이며 천성적으로 당신을 쓰러뜨리려는 속성을 지닌 사회에서는 — 과거에 너무 많은 사람들을 쓰러뜨렸고 지금도 너무 많은 사람들을 쓰러뜨리고 있는 사회에서는 — 상상 속에서 입은 상처와 진짜 상처를 구별하는 것이 거의 불가능에 가까워진다. 그런 시도조차 금세 포기하게 되는데, 더 나쁜 건 대개 포기했다는 자각조차 하지 못한다는 거다. 예를 들어 지금 내게는 모든 문지기와 모든 경찰이 완전히 똑같고, 그들을 대할 때는 그들이 나를 위협하기 전에 내가 먼저 그들을 위협한다. 이는 이론의 여지없이 불공정한 처사이지만, 나는 위험을 무릅쓰고 그들의 인간성이 그들이 입은 제복보다 더 진짜라고 여길 수는 없기에 죄를 덜지 못한다. 대부분의 니그로가 백인의 인간성이 백인의 피부색보다 진짜라고 여기는 위험을 무릅쓸 수 없다. 이렇듯 오래전에 최악을 가정하는 법을 배운 사람은 저도 모르는 사이 아주 쉽게 최악을 믿게 된다. 백인들은 듣기 싫어하겠지만, 이 나라에서 니그로가 받는 잔인한 대우는 과장이 불가능한 수준이다. 애당초 니그로는 백인이 자신을 그렇게 대하고 있다는 것을 믿을 수 없다. 이 역시 과장이 불가능하다. 니그로는 자기가 뭘 잘못했다고 그런 취급을 당하는지 이해하기 어렵다. 자신이 받는 대우가 자신이 한 일과는 전혀 무관하다는 것을 깨달을 때, 백인이 그를 파괴하고자 하는 데 ― 그게 백인이 하는 짓이다 ― 아무 이유가 없다는 걸 알게 될 때 백인을 악마로 생각하기는 어렵지 않다. 아메리칸 니그로의 삶에 깃든 공포를 표현하려면 언어가 부족할 지경이다. 지금껏 공적·대중적 담론에서 부인되거나 무시되어 오다가 ― 그리하여 니그로 방언이 되었다 ― 이제야 겨우 언어로 인정받고 있는 그의 사적 경험은 흑인의 경험을 명료하게 설명하는 척하는 외부의 체계에 오히려 신빙성을 준다. 실로 역사적 실체이자 인간으로서의 흑인에 관한 진실은 그 자신으로부터 고의적이고 잔인하게 숨겨져 왔다. 흑인이 백인 세계에 의해 규정되기를 거부할 때마다 백인 세계의 권력은 위협받는다. 그 때문에 흑인을 쓰러뜨리려는 온갖 시도가 이루어졌고, 지금도 이루어지고 있다. 그렇다면 누가 그 많은 고뇌와 악이 어디서 기인하는지 권위를 가지고 말할 수 있겠는가? 특히 백인들이 자신들에 대해 오랫동안 똑같은 주장을 해왔다는 걸 감안하면, 흑인이 만물의 기원이며 완벽한 인간이었다는 명제가 성립하지 않을 이유는 뭐란 말인가? 게다가 이제 백인들은 세상에서 소수라는 점이 — 거의 발명품처럼 보일 정도로 극심한 소수라는 점이 — 절대적으로 명백해졌으니 앞으로도 쭉 세상을 지배할 수는 없으리라. 만일 그렇다면, 애초에 백인들이 지배자가 된 것이 그들의 주장처럼 하늘의 뜻이 아니라 하늘의 뜻을 거스른 절도와 간계와 유혈 때문이라는 명제도 성립할 수 있지 않겠는가? 백인들이 지금껏 오랫동안 타인을 향해 겨누었던 칼날은 이제는 자비 없이 그들에게 겨누어질 수 있으리라. 하늘의 증인이란 교묘해서 그때그때 하늘에 가까운 쪽에 의해 이용된다. 전설과 신학은 우리의 공포와 죄, 열망을 축성하도록 설계되었으나 그것들을 있는 그대로 까발리기도 한다.

나는 몇 차례나 간접적으로 던져진 질문에 결국 이렇게 답했다. 「저는 20년 전 교회를 떠났고 그 뒤로는 어디에도 몸담지 않았습니다.」 그들의 운동에 합류할 뜻이 없음을 전하는 내 나름의 방식이었다.

「그럼 지금 자네는 뭔가?」 일라이자가 물었다.

나는 곤란해졌다. 내가 기독교인이라는 사실을 말할 수는 — 그가 내 입에서 끝내 그 말을 끌어내도록 놔둘 수는 — 없었다. 「저 말입니까? 지금이요? 아무것도 아닙니다.」 이것으로는 충분하지 않았다. 「저는 작가입니다. 혼자 일하는 걸 좋아하지요.」 내 입에서는 이런 말이 나왔다. 일라이자가 나를 보고 웃었다. 마침내 나는 덧붙였다. 「하지만 그게 대단한 일이라고 생각하지는 않습니다.」

일라이자가 오른편을 보고 말했다. 「아주 대단한 일로 여겨야 마땅하다고 생각하는데.」 식탁에 앉은 사람들이 동의했다. 악의나 비난이 담긴 말은 아니었는데도 나는 거북했다. 그들은 마치 내가 그들에게 속하지만 그걸 모를 뿐이라는 양 행동했다. 아직 준비되지 않은 내가 스스로 진실을 발견할 때까지 확신을 품고 끈기 있게 기다리는 것처럼 보였다. 어차피 내가 갈 곳이 또 있겠는가? 나는 흑인이므로 이슬람의 일부였고, 따라서 내가 원하든 원치 않든 백인 세계를 기다리고 있는 홀로코스트에서 구제될 것이다. 미약하고 혼란스러운 나의 망설임은 예언자의 강철 같은 말 앞에서 아무런 효용이 없었다.

나는 다시 아버지의 집으로 돌아간 기분이었다. 어떤 면에서는 실로 그러했다. 일라이자에게 나는 백인과 흑인이 결혼하는 것에 거리낌이 없으며 백인 친구도 많다고 말했다. 심판의 날이 온다면 나는 그들과 함께 소멸하는 것을 택할 것이다. 「내가 사랑하는 사람들이 나를 사랑하는데, 그중 일부는 백인이지만 피부색보다 사랑이 더 중요하지 않을까?」 일라이자를 향한 말이 아니라 혼잣말이었다.

일라이자는 내 마음을 읽는 것처럼 깊은 호의와 애정, 연민을 담은 눈빛으로 나를 보았다. 그는 회의적인 투로 내게 백인 친구가 있을지 모르지만, 혹은 그렇게 생각할 수는 있지만, 그리고 그들이 이제 와서 좋은 사람이 되려고 노력하고 있을지 모르지만 그들의 시대는 이제 끝이라고 말했다. 내 귀에는 그 말이 이렇게 들렸다. 〈그들은 주어진 기회를 날려 버렸다네!〉

나는 식탁을 둘러보았지만 일라이자의 권위와 그들이 살아온 삶이라는 증거, 그리고 바깥 길거리의 현실을 능가할 만한 근거를 제시할 수 없었다. 내게는 인생을 믿고 맡길 수 있는 백인 친구가 두세 명 있었고, 세상을 더 인간적으로 만들고자 최선을 다해 애쓰고 땀 흘리고 위험을 무릅쓰고 있는 다른 백인들도 있었다. 하지만 내가 어찌 그렇게 말하겠는가? 타인의 경험이나 결정이나 믿음을 두고 왈가왈부할 수는 없는 일이다. 내가 인용할 수 있는 증거는 전부 예외이므로 사건의 핵심과는 무관한 것으로 치부되고 기각될 것이다. 백인에 대한 비난이 공정하다는 것을 남부가 증명했다. 현재 세상의 상태가 증명했다. 역사에 기록된 그 밖의 것은 세상을 바꾸려다 실패한 예외의 역사일 뿐이었다. 그런데 그게 사실일까? 그들은 정말 실패했을까? 단지 관점의 문제는 아닐까? 예외 가운데는 반드시 세상을 더 나쁜 곳으로 만들고야 마는 부류도 있었다. 정확히 말하자면, 권력을 사랑보다 더 진짜로 느끼는 부류. 실로 권력은 실체이고 권력 없이는 사랑을 포함한 많은 것을 얻을 수 없다. 돌연 대단히 오싹한 생각이 머리를 스쳤다. 백인들은 저녁 식탁에서 니그로가 인간 이하가 아니라는 사실을 증명하고자 할 때 어떤 말을 꺼낼까? 나는 〈내 친구 메리의 예를 들자면〉이라고 운을 뗄 뻔했다. 메리는 이러저러한 미덕이 있어서 살아남을 권리가 있다고 그녀의 장점을 줄줄 읊을 뻔했다. 대체 무엇을 바라고서? 일라이자와 다른 이들이 엄숙하게 고개를 끄덕이다가 〈흠, 그녀는 괜찮군. 하지만 다른 사람들은!〉 하고 말해 주길 바라고서?

나는 다시 식탁에 앉은 젊은이들의 얼굴을 둘러보고 일라이자를 보았다. 그는 역사상 자신의 땅을 소유하지 못한 자들이 존중받은 적은 없었다고 말하고 있었다. 그러자 젊은이들이 〈옳으신 말씀입니다〉 하고 답했다. 그의 말이 진실인 것은 부정할 수 없었다. 오늘날에는 누구나 — 유대인조차도 — 구체적인 위치와 깃발을 지닌 국가가 있으니까. 거의 4백 년 동안 한 나라에 속박당하고도 인간으로 인정받지 못한 채 상속권을 박탈당하고 멸시를 받는 것은 〈아메리칸 니그로라 불리는 자들〉뿐이다. 흑인 무슬림들은 무슬림이 아닌 다른 많은 사람들처럼 (그런 일이 일어날지는 모르겠지만) 이제 와서 마지못해 때늦은 인정을 받길 바라지 않는다. 거듭 말하건대, 아메리칸 니그로의 역사가 이런 관점을 충분히 정당화한다는 사실은 부인할 수 없다. 분통 터지게도 우리는 미국인들이 우리가 그들을 위협하지 않는다는 사실을 깨달을 만큼 성장할 때까지 모자를 손에 든 채 참으로 오랫동안 기다려 왔다. 다른 한편으로 지금 아메리칸 니그로에게 독립 국가를 세울 방안이 있는가? 국가 수립은 무슬림의 관점에 국한하지 않고서도 아메리칸 니그로에게 유일한 희망으로 보였다. 그게 아니라면 아메리칸 니그로는 미국의 벽지에서 소멸하고도 마치 처음부터 존재하지 않았으며 그들이 받는 고통에도 아무 의미도 없다는 듯이 깡그리 잊힐 터였다.

일라이자의 고집과 젊은이들의 비통한 고독과 불만과 바깥 길거리의 절망으로 인해 나는 환상처럼 보이는 것을 — 환상이 무엇인지 정확히 말하기가 주저될 만큼 환상적인 시대에 — 어렴풋이 엿보았다. 무슬림들이 주장하는 대로 미합중국이 과거 노예 노동의 체불 임금으로 빚지고 있는 6~7개 주를 니그로가 소유하게 된다고 치자. 미합중국은 어떤 이유에서든 그 주를 유지하기가 불가능하다고 여겨지지 않는 한 영토를 포기할 리 없다. 영국이 제국을 포기해야 했던 것과 정확히 같은 방식과 속도로 미합중국이 그저 하나의 강대국으로 축소되지 않는 한 불가능하다(영국이 〈언제든 떠날 작정이었다〉고 한 말은 사실이 아니며 과거 영국 식민지였던 국가들의 상태가 이를 증명한다). 만약 니그로에게 무슬림들이 선호하는 남부 주들이 주어진다면 적대적인 라틴 아메리카와 미국의 국경은 사실상 메릴랜드 선에 세워질 것이다. 해안을 생각해 보면 한쪽에는 무력한 유럽이, 다른 쪽에는 신뢰 가지 않는 비백인들이 사는 동양이 있고 북쪽에는 캐나다 너머로 러시아와 국경을 맞댄 알래스카밖에 없다. 미국과 캐나다의 백인들은 적대적인 대륙에 고립되는 셈이다. 그렇게 되면 백인 세계의 나머지 국가들은 아마도 미국을 도우러 오기를 꺼릴 것이고 그게 가능할 리도 없다. 물론 코앞에 닥친 가능성은 아니지만, 내가 무슬림이라면 이 가능성을 집중적으로 추진해 나갈 것이다. 내가 무슬림이라면 망설임 없이 미국 내에 파다한 사회적·영적 불만을 이용할 테다. 아니, 일부러 그 불만을 부채질할 수도 있겠다. 최악의 경우라야 증오하는 집의 파괴에 기여하는 것뿐이고 그 집과 함께 소멸해도 상관없기 때문이다. 여기서 우리는 너무나 오랫동안 소멸해 오지 않았는가!

식탁에 둘러앉은 젊은이들은 무슨 생각을 하고 있었을까? 일라이자가 말했다. 「나는 자네들에게 결코 남이 앗아 갈 수 없는 것을 주기 위해 왔다네.」 그러자 식탁의 분위기는 대단히 엄숙해졌고 어둡던 얼굴들이 빛으로 환해졌다! 이것이 거리와 공동 주택, 교도소, 마약 중독자 병동, 더럽고 가학적인 정신 병원에서 모든 것을 — 가장 중요하게는 자존감마저도 — 빼앗긴 사람들에게 전해진 메시지였다. 사람은 자존감 없이 살 수 없고, 그것을 되찾기 위해서는 무엇이든 한다. 그것이 잃을 것 없는 사람이 어떤 사회에서든 제일 위험한 피조물인 이유다. 그런 사람이 열 명이나 필요한 것도 아니다. 한 명이면 족하다. 내가 상상하기로 일라이자는 아버지가 피를 쏟는 것을 본 그날 — 구전에 따르면 흘러나온 피가 나뭇잎 사이로 그에게 쏟아진 그날 — 이후로 잃을 것 없는 사람이 되었을 것이다. 그리고 식탁에 둘러앉은 다른 남자들도 잃을 게 없었다. 일라이자는 이렇게 적었다. 〈진정한 종교로 돌아가라. 노예주인 악마의 사슬을 벗어던지고 양 떼에게로 돌아가라. 그의 술을 마시고 그의 약을 사용하는 걸 그만둬라. 네 여자를 지켜라. 그리고 더러운 돼지에서 벗어나라.〉 나는 수년 전 복도에서 와인과 위스키를 마시며 눈물 흘리던 친구들을 기억했다. 복도에서 약에 취해 있던 친구들. 형이 언젠가 말했다. 「할렘에 교회와 마약 중독자가 그렇게 많지 않았더라면 거리는 피바다가 되었을 거다.」 네 여자를 지켜라. 백인의 남성성이 흑인 남성성의 부정에 의존하는, 성적으로 너무나 애처로운 문명에서는 어려운 일이지만. 네 **여자를 지켜라.** 남성을 거세시키고 여성을 학대하는데다가 남성이 생계를 여성에게 의존하도록 강요되는 문명에서. 네 여자를 지켜라. 〈너희 자식들에게 백인의 핏줄을 조금 섞어 주는 게 호의인 건 알고 있겠지〉라며 뻐기는 백인들에게 맞서, 남부의 엽총과 북부의

경찰봉 앞에서. 여러 해 전 우리는 허공에 대고 반항
적으로 외치곤 했다.「그래, 제기랄, 나는 흑인이고,
나는 아름답다!」그러나 지금 — 지금은 — 아프리카
의 왕과 영웅들이 과거로부터, 이제 우리에게 힘을 실
어 줄 수 있는 과거로부터 이 세상에 왔다. 그리고 검
은색은 정말로 아름다운 색깔이 되었다. 사랑받기 때
문이 아니라 두려움을 자아내기 때문에. 아메리칸 니
그로의 입장에서 위급한 과제는 〈잊히지 않는 것〉이
다! 다른 지역의 흑인들이 봉기하고, 흑인이 더 이상
백인의 것이 아닌 권력의 비호를 받으며 백인과 똑같
은 권위로 땅 위를 걷게 되리라는 약속이 마침내 이루
어지는 장면은 교도소를 비우고 신을 천국에서 끌어
내리기에 충분하고도 남는다. 이는 피부색이 발명되
기 전에 여러 번 일어났던 일이며, 천국에 대한 희망
은 이러한 은총의 상태가 이룩되리라는 은유였다. 영
가에서 말하듯 〈예복은 잘 맞을 것이오. 지옥의 입구
에서 입어 봤으니〉.

　떠날 시간이었다. 묘하게도 무엇 하나 해결하지 못
한 채 우리는 넓은 거실에 서서 작별 인사를 나누었

다. 그들이나 나나 내가 시험에 통과하지 못했다는 느낌을 받을 수밖에 없었다. 혹은 내가 그들의 경고에 주의를 기울이지 못한 걸지도 모른다. 일라이자는 나와 악수를 하고서는 행선지를 물었다. 어디를 가든 차로 배웅하겠다고 했다. 〈이곳에 초대받은 사람을 목적지에 이를 때까지 백인 악마들의 손아귀에서 보호하는 것이 우리의 책임이기 때문〉이라는 것이었다. 사실 나는 도시 반대편 지역에서 백인 악마 몇 사람과 술 약속이 있었다. 고백건대 아주 짧은 순간 나는 주소 대기를 망설였다. 미국 도시가 으레 그러하듯 시카고에서도 주소만 보면 백인 동네인지 아닌지 알 수 있었기 때문이다. 하지만 나는 주소를 댔고, 일라이자와 함께 계단을 내려갔다. 젊은이 한 사람이 차를 가지러 갔다. 잠시간 일라이자와 나란히 서서 폭력과 문제가 생생하게 들끓는 거리를 마주하고 있는 것은 아주 이상했다. 나는 그와 매우 가까워진 기분을 느꼈고, 그를 증인으로서, 동맹으로서, 아버지로서 사랑하고 존경할 수 있기를 진심으로 바랐다. 내가 그의 고통과 분노, 심지어 아름다움마저도 안다고 느꼈다. 그러나 우리가 마주하고 있는 바로 그 거리의 실체와 속성으로 인해 — 그가 자신의 책임으로, 내가 나의 책임으로 인식한 것 때문에 — 우리는 항상 서로에게 타인일 것이고 어느 날에는 적이 될 수도 있었다. 이내 차가 도착했다. 환하게 빛나는 금속성의 아메리칸 블루 색상이었다. 나는 다시·한번 일라이자와 악수를 나누고 작별 인사를 했다. 그는 저택으로 들어가 문을 잠갔다.

나는 운전석에 앉은 젊은이와 함께 어둠이 내려앉아 웅얼거리는 — 그 시간대면 기이하게 아름다워지는 — 시카고 호숫가를 달렸다. 우리는 다시 땅에 관한 토론을 시작했다. 우리가 — 니그로들이 — 어떻게 땅을 얻을 수 있을까요? 나는 앞서 식탁에 앉아 있을 때 백인들이 악마인 건 그들의 행동이 증명한다고 말했던 젊은이에게 물었다. 그는 지금 미국 곳곳에 지어지고 있거나 곧 지어질 예정인 무슬림 사원에 대해 이야기했고, 무슬림 추종자들의 힘과 니그로들이 연간 사용할 수 있는 금액 —2백억 달러가량 되는 돈이었다 — 에 대해서도 이야기했다. 「이것만 봐도 우리가 얼마나 강한지 알 수 있겠죠.」 그가 말했다. 나는 조심스럽게 그 2백억 달러인지 하는 돈이 미국 경제에 달려 있는 게 아니냐고 물었다. 가령 니그로가 더 이상 이 경제의 일부가 아니라면 어떻게 되겠습니까? 그렇게 되려면 미국 경제 자체도 재난에 필적하는 급진적 변화를 겪어야 한다는 사실은 차치하고서라도 아메리칸 니그로의 구매력은 분명 전과 같지 않을 것 아닙니까. 그렇다면 이 독립한 국가의 경제는 무엇에 기반을 두겠습니까? 젊은이가 이상한 눈으로 보아서 나는 황급히 덧붙였다. 「그렇게 될 수 없다고 말하는 게 아닙니다. 단지 방법이 궁금한 겁니다.」 나는 그런 일이 벌어지려면 준거의 틀 자체가 변해야 하고, 지금 당신이 가진 줄도 모르는 많은 것을 포기해야 할 거라고 생각했다. 내가 염두에 둔 것들, 가령 우리가 타고 있는 가짜 우아함을 뽐내는 고철 덩어리에 썩 대단한 가치가 있다고 생각지는 않았다. 하지만 그것들이 없는 인생은 전과 상당히 달라질 것이고, 나는 젊은이가 그 사실을 생각해 본 적이 있는지 궁금했다.

그러나 권력의 상징이 아닌 다른 수단으로 권력을 꿈꾸는 것이 가능한가? 젊은이는 자유가 땅의 소유에 달려 있다고 보고, 어떤 식으로든 니그로들이 땅을 소유해야 한다는 데 설득되었다. 그 목표가 이루어지는 날까지 그는 어떠한 두려움도 없이 거리를 걸을 수 있다. 그와 같이 곧 권력을 얻게 될 사람이 수백만 명이나 되기 때문이다. 요컨대 그는 꿈에 의해 지탱되고 있었고 — 어떤 꿈은 이루어지기도 한다는 걸 기억해야겠지만 — 피부색을 근거로 그의 〈형제들〉과 단결하고 있었다. 어쩌면 이게 우리가 바랄 수 있는 최선일지도 모르겠다. 사람들은 언제나 사랑과 전혀 무관한 원칙, 그들을 개인적 책임에서 해방시키는 원칙에 의해 단결하는 것 같다.

무슬림 운동이 의기소침해진 니그로들에게 보다 진정하고 개인적인 자존감을 심어 줄 수 있으리라, 그리하여 북부 게토의 니그로들이 어떤 대가를 치르더라도 자신들의 상황을 현실적 차원에서 바꿀 수 있으리라 희망할 수도 있었다. 그러나 상황을 바꾸고자 한다면 먼저 상황을, 있는 그대로의 현실을 직시해야 한다. 지금은 니그로가 이 국가에 의해 만들어졌으며 좋든 싫든 다른 국가에 속하지 않는다는 사실을 — 아프리카에 속하지 않으며 이슬람에도 분명히 속하지 않는다는 사실을 ── 우선 받아들일 일이다. 그 사실로 무얼 어떻게 할지 정하는 건 이후의 일이다. 여기서 역설은 ── 두려운 역설은 ── 아메리칸 니그로가 자신의 과거를 받아들이고자 하지 않는 한 어디에도 ── 어느 대륙에도 ── 미래는 없다는 것이다. 자신의 과거를, 역사를 받아들이는 것은 그 안에서 익사하는 것과 다르다. 과거를 받아들이면 과거를 이용하는 방법을 배울 수 있다. 억지로 지어낸 과거는 결코 이용할 수 없다. 가뭄철 진흙처럼 삶의 압박 아래에서 금이 가고 무너질 테니. 아메리칸 니그로의 과거를 어떻게 이용할 수 있는가? 세계 역사가 곤경에 처한 이 시기에 요구되는 전대미문의 대가는 바로 피부색, 국가, 제단이라는 실체의 초월이다.

「어쨌거나 말입니다.」 젊은이가 긴 침묵 끝에 돌연 입을 열었다. 「다시 세상이 전과 같아지진 않을 거예요. 그건 확실해요.」

이내 우리는 적의 영토에 도착했고, 나는 적의 문 앞에 내렸다.

116

이슬람 국가가 어디서 자금을 얻는지는 아무도 모르는 것 같다. 물론 상당액이 니그로의 기부금이지만 버치 추종자들[7]과 텍사스 석유로 돈을 번 백만장자들도 이슬람 국가 운동을 호감 어린 시선으로 주시하고 있다는 소문이다. 이 소문에 조금이나마 진실이 담겼는지는 알 길이 없으나 그토록 열심히 인종 분리를 부르짖는 사람들이니만큼 아니 땐 굴뚝에서 나는 연기 같지는 않다. 여하튼 최근 무슬림 집회에서 미국나치당 당수 조지 링컨 록웰은 무슬림들의 대의에 대략 20달러를 기부하겠다는 뜻을 밝혔고, 자신이 인종적 문제에 관한 한 맬컴 엑스에게 완벽히 동의한다고 결론을 내렸다. 지금까지 한 인종을 미화하고 그에 따라 다른 인종을 폄하하는 방법은 필연적으로 살인을 초래했다. 인종이나 피부색을 근거로 특정 집단을 혐오해도 된다고 허가받은 사람은 그 집단에 무한히 참고 견디라고 강압할 수도 있다. 한 인종을 통째로 이유 없이 매도한 사람이 그 인종의 뿌리와 가지를 파괴하

---

7 로버트 웰치를 중심으로 결성된 극우 반공주의 성향의 존 버치 협회 회원을 가리키는 말.

려 들지 않을 리도 없다. 그게 바로 나치의 시도였다. 나치는 그들이 선택한 수단을 제외하면 조금도 독창적이지 않았다. 태양 아래 무고한 자들이 몇 차례나 살육되었는지 굳이 기억해야 할까? 나는 아메리칸 니그로들이 이곳 미국에서 자유를 얻는 것을 무척 중시하고 있다. 그러나 그들의 존엄성과 영혼의 건강 역시 중요하다고 생각하기에 니그로가 남들에게 당한 만큼 되갚고자 한다면 그러한 시도에는 반대할 수밖에 없다. 그 길이 어떠한 영적 황무지로 이어지는지 알기 때문이다. 우리가 주위에서 매일 목격하지 않는가. 이토록 단순한 사실을 이해하기가 그토록 어려운 모양이다. 〈남을 폄하하는 자는 스스로를 폄하하는 것이다.〉이는 신비주의적 경구가 아니라 대단히 현실적인 문장으로서, 여느 앨라배마주 보안관의 눈빛으로 입증된다. 그리고 나는 니그로가 그렇게 참담한 상황에 이르는 걸 보고 싶지 않다.

자, 니그로가 미국에서 권력을 잡는다는 건 지극히 가능성이 낮은 이야기다. 미국 인구에서 니그로가 차지하는 비율은 9분의 1에 불과하다. 자신들의 땅을 되찾고 식민주의의 멍에를 끊고 식민 지배 경험에서 회복을 모색하고 있는 아프리카인들과는 입장이 다르다. 니그로의 상황은 그들 자신에게도, 그리고 그들이 괴롭고 성가신 일부를 구성하고 있는 국가에도 각각의 방식으로 위험하다. 아메리칸 니그로는 고유한 피조물이다. 그에 상응할 만한 집단도, 그보다 앞서 같은 길을 간 집단도 없다. 무슬림들이 이러한 현실에 대응하는 방법은 니그로를 〈아메리칸 니그로라 불리는 자들〉이라고 칭하고 노예주로부터 물려받은 성을 〈엑스〉로 대체하는 것이다. 모든 아메리칸 니그로가 그의 노예주였던 백인의 이름을 지니고 있는 건 사실이다. 내가 볼드윈이라 불리는 것은 본래 속했던 아프리카 부족에서 매매나 납치를 통해 볼드윈이라는 백인 기독교인의 손에 넘어갔기 때문이다. 그가 나를 십자가 발치에 무릎 꿇렸다. 그러므로 나는 이 백인 청교도인들의 나라에서 겉보기에나 법적인 차원에서나 노예의 후손이다. 이것이 아메리칸 니그로로 산다는 것의 의미다. 동물처럼 취급되고 팔렸으며, 한때 미국 헌법에서 한 인간의 〈5분의 3〉으로 정의되었고, 드레드 스콧 판결[8]에 의하면 백인이 존중해야 하는 어떤 권리도 지니지 않은 납치된 이교도. 그리고 형식상의 노예 해방 이래 백 년이 지난 오늘날까지 아메리칸 니그로는 아직도 그의 나라에서 가장 경멸받는 피조물이다. 아마 아메리칸 인디언을 제외하고는 그럴 것이다. 미국의 정치·사회 구조에 매우 급진적이고 광범위한 변화가 일어나지 않는 한 이제 니그로의 상황이 유의미하게 변할 가능성은 없다. 확실히 백인 미국인들은 그런 변화를 원치 않는다. 그들은 너무 게을러서 더 이상 변화를 상상조차 하지 못한다. 니그로가 백인 미국인의 선의를 더 이상 믿지 않는다는 이유도 덧붙여야겠다. 한 번이라도 믿을 수 있던 시절이 있었는지 모르겠지만. 니그로는 지금 국제적 차원에서 새로운 힘을 발견했다. 사적으로 쭉 보유해 왔으나 지금까지는 한정된 목적으로만 사용할 수 있었던 힘, 바로 위협하는 힘이다. 따라서 미국이 지난 수십 년 동안 매

8 미주리주의 노예였던 드레드 스콧은 노예 금지 지역인 일리노이주로 이주한 뒤 자유를 달라며 소송을 제기했으나 패소했다. 합헌적인 노예 제도 폐지의 어려움을 보여 주며 남북 전쟁의 도화선 가운데 하나가 된 미국 연방 대법원의 판결.

시 정각마다 이야기해 온 새로운 니그로란 사실 니그로가 진짜로 변했다는 말이 아니다. 설령 니그로가 변했다 하더라도 그 변화는 감정할 수 없을 것이다. 〈새로운〉 니그로에 대해 이야기하는 것은 니그로를 그 자리에 매어 두기가 새롭게 어려워졌다는 이야기이자 미국이 영적·사회적 평안으로 향하는 문을 니그로가 (또! 또!) 막고 있다는 이야기다. 이해하기 어렵고 이상하게 들리겠지만 이는 어쩌면 한 사람이 다른 사람을 위해 할 수 있는 가장 중요한 일인지도 모른다. 가장 중요한 일들 가운데 하나인 건 분명하다. 그리하여 사랑 — 이것이야말로 니그로가 미국에 크게 기여한 바이다 — 이 그토록 괴롭고 그토록 필요한 것이다. 미국은 니그로 없이는 형태를 갖추거나 발견되지 못했을 것이다. 그러니 니그로가 백인이 무언가를 주리라 기대했으리라는 백인 미국인들의 짐작은 완전한 착각이다. 사람은 남에게 무언가를 주는 일이 드물다. 대부분은 자기 것을 지킨다. 그러면서 자신이 지키는 것이 자기 자신이자 자신과 동일시된 무언가라고 생각하는데, 사실 그들이 지키는 것은 현실 체계와 그들이 자기 자신이라고 추정하는 것에 지나지 않는다. 자신을 내주지 않는 한, 즉 자신을 걸지 않는 한 아무것도 줄 수 없다. 자신을 걸 수 없는 사람은 단순히 줄 능력이 없는 사람이다. 그리고 누군가에게 자유를 주는 유일한 방법은 그를 자유롭게 풀어 주는 것이다. 미합중국은 니그로에게 자유를 줄 만큼 충분히 성숙한 적이 없었다. 백인 미국인들은 이제 〈형식주의〉[9]라고 불리게 된 제스처를 취하면서 스스로 만족했다. 구체적인 예를 들자면, 백인 미국인들은 학교에서의 인종 분리를 위법으로 정한 1954년 대법원 판결을 자축했는데, 정반대의 상황을 가리키는 증거가 산적해 있음에도 이 판결이 회심의 증거라며 — 혹은 그들이 즐겨 말하듯 진보라며 — 기뻐했다. 어쩌면 그건 진보가 맞을지도 모르겠다. 〈진보〉라는 단어를 어떻게 읽느냐에 달린 문제니까. 그렇지만 내 주위의 니그로 대다수는 미국이 냉전 체제 속에서 소련과 경쟁하고

---

9 *tokenism*. 소수자를 포용하는 명목상의 조치가 실질적 문제 해결을 대신할 수 있다는 믿음. 미국 기업과 학교에서 포괄적 태도를 전시하기 위해 소수의 흑인을 받아들였으나 이는 현실적으로 또 다른 차별을 낳았다.

있지 않았더라면, 아프리카가 차츰 독립해 나가면서 정치적 이유로 과거 주인의 후손들에게 구애를 받고 있지 않았더라면 그 대단한 양보는 일어나지 않았을 거라고 생각한다. 만일 이 판결이 사랑이나 정의의 문제였다면 분명 1954년보다 앞서 이루어졌을 것이요, 이 어려운 시대에 권력이 처한 현실 덕택이 아니었다면 아직 이루어지지 않았을 것이다. 지극히 신랄한 관점으로 — 실로 배은망덕한 관점으로 — 보이겠지만 이를 떠받치는 증거들은 쉽게 반박할 수 없다. 나는 반박이 전혀 불가능하다고 생각한다. 어쨌든 미국의 선(善)이란 엉성하고 공허해서 어려운 문제를 해결할 때 전혀 믿음직스럽지 못하고, 만일 문제가 해결된다 하더라도 그건 선이 아닌 필요에 의해서다. 그리고 정치적 용어로 필요란 우위를 지키기 위한 양보를 뜻한다. 내 생각에는 부인해 봐야 입만 아픈 사실이다. 하지만 사실 여부를 떠나서도 흑인 미국인을 포함한 세계의 흑인들이 진짜로 이렇게 믿는다. 아프리카에서 쓰이는 〈독립〉이라는 용어와 여기서 쓰이는 〈통합〉이라는 용어는 거의 똑같이 무의미하다. 유럽은 아직 아프리카를 떠나지 않았고 이곳의 흑인들은 아직 자유롭지 못하므로. 이 두 명제는 부인할 수 없이 유관한 사실로서 우리에게 아주 막중한 함의를 지닌다. 이 나라의 니그로들은 결코 권력을 잡지 못할지 모르지만, 현재 그들의 위치는 혼돈을 촉발하고 아메리칸드림을 막 내리게 하는 데 적격이다.

물론 아메리칸드림의 속성과 우리 미국인들이 피부색을 막론하고 그 꿈을 감히 검토하지 않는다는 것, 그 꿈이 현실과는 거리가 멀다는 것도 함께 논할 일이다. 우리가 스스로에 대해 알고 싶지 않은 사실이 너무나 많다. 예를 들어 사람들은 평등해지는 데 그다지 관심을 기울이지 않으며(그나저나 무엇에 평등하며 누구에게 평등할 것인가?) 우월감을 느끼고 싶어 한다. 이러한 진실은 정체성을 획득하기가 불가능에 가까우며 모두가 단단히 고정되지 않는 모래밭에서 자신의 지위를 공고히 하고자 애쓰고 있는 이곳에서 유독 가혹한 힘을 발휘한다(영적인 관점에서 노동자는 없고 상사의 딸과 손잡을 후보자들만 존재하는 나라에서 노동의 역사가 어떻게 펼쳐졌는지 생각해 보라). 게다가 내가 만나 본 사람 가운데 진실로 자유로움을 갈망하는 이는 극소수였다. 그들 대부분은 미국인도 아니었다. 자유는 감당하기 어렵다. 내가 정치적 자유를 영적인 의미에서 이야기하고 있다고 반박할 수 있겠지만, 어떤 나라에서든 정치 제도는 그 나라의 영적 상태에 의해 위협받고 궁극적으로는 통제된다. 우리 미국인들은 우리가 자각하는 것 이상으로 혼란에 의해 통제당하고 있기에 아메리칸드림은 사적·국내적·국제적 차원에서 악몽에 훨씬 가까운 무언가가 되었다. 사적으로 우리는 우리 삶을 견딜 수 없고 검토할 생각조차 않는다. 미국 내에서 우리는 국가 안에서 일어나는 일들을 책임지지 않는다(자부심을 갖지도 않는다). 미국 밖에서 우리는 세계 수백만 명의 사람들에게 재난 그 자체다. 이 마지막 문장이 의심스럽다면 쿠바의 여느 농부나 스페인의 여느 시인이 들려주는 증언에 귀와 마음과 정신을 열고, 당신이 카스트로 이전 쿠바나 스페인에서 우리 행동 때문에 피해를 보았더라면 우리에 대해 어떻게 느낄지 자문해 보기를 바란다. 우리는 러시아의 위협과 자유세계를 보호할 필요성을 들먹이며 우리가 스페인에서 수행한 기묘한 역할을 변호한다. 우리가 단지 러시아의 최면에 걸려 있으며, 우리가 동서 간의 투쟁으로 여기는 싸움에서 러시아가 지닌 유일한 강점은 서방 세계의 도덕적 이력뿐이라는 생각은 미처 떠올리지 못한다. 러시아의 비밀 무기는 우리가 거의 알지 못하는 수백만 명의 당혹과 절망과 굶주림이다. 러시아 공산주의자들은 그들에 대해 전연 신경을 쓰지 않는다. 우리는 무지하고 우유부단한 탓에 그들을 러시아인들의 손아귀에 밀어 넣지는 않았을지언정 러시아의 그늘에 깊숙이 빠뜨리는 결과를 낳았고, 그리하여 그중 가장 조리 있는 동시에 가장 억압받은 자들이 우리를 한층 더 불신하게 되었다. 그들을 탓하기는 어려운 일이다. 우리가 힘과 변화를 두려워하는 탓에 그들은 절망스럽고 당혹스러운 상황에서 벗어나지 못하고, 그들이 이 상태를 견딜 수 없는 한 마찬가지로 우리는 견딜 수 없는 위협을 받는다. 자신의 상태를 견딜 수 없지만 심한 억압에서 자신의 상태를 바꿀 능력도 없는 사람은 항상 부도덕한 권력자들의 손바닥 위에 놓이기 때

문이다. 마침내 쿠바에서처럼 상황이 바뀌는 때가 온
다면 우리는 폭력적인 격변에 뒤따르는 일종의 진공
상태로 인해 어느 때보다도 위협을 받을 것이다. 이제
는 독재자를 전복시키거나 침략자를 쫓아내는 일과
혁명에 진정으로 성공하는 일이 전혀 다르다는 걸 확
실히 알 때도 됐다. 사람들은 스스로를 또 다른 파라
오의 손에, 부서진 국가를 통합하는 데 필요했으나 제
역할이 끝난 뒤에도 사람들을 놔주지 않는 파라오의
손에 바쳤을 뿐이라는 사실을 거듭거듭 깨닫게 된다.
어쩌면 일이 항상 이렇게 되는 건 인간이란 존재가 워
낙 속을 알 수 없는 데다가 자기 인생의 짐을 짊어지
려 들지 않기 때문일지도 모르겠다. 하지만 내가 마음
밑바닥에서부터 이렇게 믿는 건 아니다. 나는 인간이
그보다 나아질 수 있다고 생각하고, 지금보다 나아질
수 있다는 걸 안다. 우리에게는 무거운 짐을 짊어질
만한 능력이 있다. 그 짐이 현실이라는 것을 깨닫고,
그 현실이 있는 곳에 다다르기만 한다면 능히 감당할
수 있다. 요는 우리가 바라건 바라지 않건 혁명의 시
대에 살고 있으며, 그 혁명을 현실로 이루면서 인명

피해를 최소화하는 데 도움이 될 만한 힘과 경험을 두루 갖춘 서양 국가는 미국이 유일하다는 것이다. 이런 에너지의 분출에 반대하는 것은 우리 자신의 사형 집행 영장에 서명하는 것과 다름없다.

우리가 러시아의 위협이라고 생각하는 것에는 외면하고 싶은 무언가, 백인 미국인들이 니그로에 대해 생각할 때 직면하지 않으려 하는 무언가가 숨겨져 있다. 바로 현실, 인생이 비극이라는 현실이다. 인생이 비극인 까닭에 단지 지구가 돌고, 태양이 가차 없이 뜨고 지며, 어느 날 우리는 모두 최후의 석양을 맞을 것이다. 어쩌면 우리 인간이 지닌 모든 문제의 뿌리는 우리에게 주어진 유일한 사실인 죽음을 부인하기 위해 삶의 아름다움을 전부 희생하고, 토템과 터부와 십자가와 피의 제물과 첨탑과 모스크와 인종과 군대와 깃발과 국가에 스스로를 가둔다는 것이리라. 우리는 죽음이라는 사실을 기뻐해야 한다. 삶이라는 수수께끼에 열정으로 맞서면서 죽음을 얻기로 결정해야 마땅하다. 사람은 각자의 삶에 책임이 있다. 삶이란 우리가 온 곳이자 돌아갈 곳인 어둠 속 작은 등대니까.

뒤에 올 사람들을 위해 우리는 그 항해를 가능한 한 고결하게 해내야 한다. 그러나 백인 미국인들은 죽음을 믿지 않고, 그 때문에 우리의 검은 피부색이 그들을 겁먹게 한다. 그런 이유로 니그로의 존재는 미국을 파괴시킬 수도 있다. 변함없는 것들 — 출생, 고통, 죽음은 당연하고 이따금 아니라는 생각이 들 때도 있겠지만 사랑 역시 그러하다 — 을 믿고 기리는 것, 변화의 속성을 이해하고 변화할 능력과 의지를 키우는 것은 자유로운 사람의 책임이다. 이때 변화는 표면상의 변화가 아니라 깊이 있는 변화, 소생한다는 의미의 변화를 말한다. 그러나 예컨대 안전이나 돈, 권력처럼 변하는 것들을 변함없는 것으로 추정하기 시작하면 소생은 불가능해진다. 그 결과는 망상이며 망상은 배신만을 낳는다. 자유에 대한 모든 희망이, 모든 가능성이 사라진다. 내가 말하는 파괴란 미국인들이 진실로 자유로워지기 위한 노력을 포기하는 것을 뜻한다. 니그로가 이런 포기를 야기할 수 있는 건 백인 미국인들이 기나긴 역사상 단 한 번도 니그로를 자신과 같은 인간으로 보지 못했기 때문이다. 이 주장은 니그로가 지금껏 미국에서 처해 온 현실과 백인 미국인들이 그의 인간성을 부인하기 위해 사용해 왔고 지금도 사용하고 있는 책략에 맞서 거듭되어 온 투쟁이 증명한바 다시금 공들여 입증할 필요는 없다. 미국 내의 두 집단이 이 투쟁에 쏟아부은 에너지는 다른 데 사용될 수도 있었을 것이다. 미국은 모든 서방 국가 가운데 피부색의 무용함과 진부함을 입증할 최적의 위치에 있다. 그러나 이 기회를 잡지 못했을 뿐만 아니라 기회로 인식하는 것마저 실패했다. 백인 미국인들은 이를 기회가 아닌 수치로 여겼다. 그리고 본토에서 흑인의 존재에 시달리지 않는, 보다 문명화되고 우아한 유럽 국가들을 부러워했다. 〈유럽〉과 〈문명〉을 동의어로 여겼기 때문이다. 사실은 그렇지 않은데도 말이다. 백인 미국인들은 유럽이 아닌 다른 기준을, 생명력의 다른 — 특히 미국 내의 — 출처를 불신했고 매사에 유럽의 동쪽이 자신들에게도 동쪽인 양 행동하고자 했다. 그리하여 백인 국가로 간주되기 어려운 미국이 계속해서 백인 국가라고 우긴다면, 우리는 진정 백인으로만 구성된 국가들과 함께 우리 자신에게 불모와 부패라는 벌을 선고하게 되는 셈이다. 그러나 우리가 스스로를 있는 그대로 받아들일 수 있다면, 우리는 서구의 업적에 새로운 생명을 불어넣고 그것들을 변혁시킬 수 있다. 이 변혁의 대가는 니그로의 무조건적인 자유다. 니그로는 너무나 오랫동안 거부당해 왔다. 그들이 이제 어떠한 정신적·사회적 위험을 무릅쓰고서라도 포용되어야 한다는 주장이 과한 건 아닐 테다. 니그로는 미국의 핵심 인구이며 미국의 미래가 밝을지 어두울지는 니그로의 미래에 달려 있다. 니그로도 그걸 안다. 그는 어두운 미래를 예상하고 이렇게 질문한다. 내가 정말로 불타는 집에 통합되기를 원하는가?

다른 곳의 백인들처럼 미국의 백인들도 자신이 흑인들이 필요로 하거나 갖길 원하는 내재적 가치를 지니고 있다는 개념을 쉬이 버리지 못한다. 이 전제는—니그로 문제의 해법은 니그로가 얼마나 빠르게 백인의 기준을 수용하고 활용하는지에 달려 있다고 여기도록 하는 이 전제는—40년 뒤에는 니그로도 대통령이 될 수 있으리라는 로버트 케네디의 확언부터 유감스럽게도 적잖은 진보주의자들이 자신들과 동등한 니그로를 부를 때 사용하는 따뜻한 축하의 어조까지 온갖 곳에서 놀라운 방식으로 드러난다. 물론 여기에는 니그로가 백인과 동등한 지위까지 올라왔다는 뜻이 내포되어 있다. 이 업적은 피부색과 무관하게 누구나 노력하면 성취할 수 있음을 입증하여 위안을 주는 데다가 백인의 자존감을 압도적으로 확증한다. 아아, 그런데 백인의 가치는 다른 방식으로는 확증하기 어렵다. 백인의 공적·사적 삶에는 남들이 모방하기를 원할 만큼 귀중한 것이 거의 없다. 백인들도 마음속 깊은 곳에서는 이 사실을 안다. 따라서 우리가 니그로 문제라고 부르는 것에 투입되는 방대한 에너지는 백인이 아닌 자들에게 평가받거나 있는 그대로의 모습을 보이고 싶지 않다는 백인의 심오한 욕망에서 비롯된 것이다. 이와 동시에 백인이 품은 방대한 고뇌는 거울의 압제에서 벗어나 있는 그대로의 모습을 보이고 싶다는, 앞선 욕망과 똑같이 심오한 필요로부터 비롯된 것이다. 우리가 인정하든 하지 않든 거울이 할 수 있는 건 거짓말뿐이며 그 안에서 우리를 기다리는 건 익사뿐이다. 바로 그 때문에 사랑이 그토록 절실하게 추구되며 그토록 교묘하게 기피되는 것이다. 우리는 가면 없이 살 수 없을 것을 걱정하나 가면을 쓴 채로도 살 수 없다. 사랑은 그 가면을 벗겨 낸다. 여기서 나는 〈사랑〉이라는 단어를 단지 개인적 의미가 아니라 존재의 상태, 혹은 품위의 상태로 사용한다. 즉 행복한 상태가 된다는 유치한 미국적 의미가 아니라 탐구하고 도전하고 성장한다는 굳세면서 보편적인 의미로 사용한다. 나는 오늘날 미국인들을 위협하는 인종적 긴장이 오히려 진정한 혐오와는 거의 무관하고 피부색과도 오로지 상징적으로만 관련된다고 주장하겠다. 인종적 긴장은 사랑이나 살인이 기인하는 것과 똑같은 깊이로부터 비롯된다. 백인은 스스로 인정하지 못하는 ─ 그의 입장에서는 말할 수도 없는 게 분명한 ─ 사적 공포와 바람을 니그로에게 투사하고 있다. 니그로의 압제에서 벗어나려면 방법은 하나뿐이다. 지금 고독한 권력자의 위치에서 탐내며 바라보다가 해가 넘어가면 남몰래 영혼의 여행자 수표를 들고 방문하는 그곳, 고통 속에 춤추는 나라의 일부가 되기로 하는 것이다. 자신이 어떻게 살고 있다거나 어떻게 살아야 한다고 말하면서 실제로는 그렇게 살지 않는다면 그 사람의 가치를 남이 받아들이는 것은 물론이요, 존중하는 것이 가능하겠는가? 나는 아메리칸 니그로가 현 수준의 미국 문명을 누리는 것으로 4백 년 동안 노역한 대가를 받고 있다는 명제를 받아들일 수 없다. 지금 내가 도덕적 모순과 영적 빈곤함이 지배하는 내 삶을 지탱하기 위해 미국의 정신과 의사에게 의존해야 하는 상황이라면, 그것이 아프리카의 주술사에게서 벗어난 대가라는 말에 설득될 수 없으리라. 이런 거래라면 거절하겠다. 백인들이 가진 것 가운데 흑인들이 원하는 것, 또는 원해야 마땅한 것은 단 하나, 권력이다. 그리고 누구도 권력을 영원히 쥐고 있지는 못한다. 백인들은 어떻게 살아야 한다는 보편적 모범이 될 수 없다. 오히려 그들을 혼란에서 해방시키고, 다시 한번 존재 깊숙한 곳과 만족스럽게 교감하게 해줄 새로운 규범이 시급하다. 거듭 말한다. 백인이 해방되는 대가는 도시와 시골, 법 앞과 정신 속에서 흑인이 완전하게 해방되는 것이다. 일례로 내가 어째서 당신의 여동생과 결혼하기를 원해야 하는지는 내게 크나큰 수수께끼다. 특히나 당신 가족이 어떠한지 아는 내가 그걸 원해야 한다니. 하지만 당신의 여동생과 나는 원한다면 결혼할 권리가 있고, 누구에게도 우리를 막을 권리는 없다. 만약 그녀가 나를 자신의 수준까지 끌어올릴 수 없다면, 어쩌면 내가 그녀를 내 수준까지 끌어올릴 수 있을 것이다.

요컨대 우리 흑인과 백인은 진실로 하나의 국가를 이루기 위해 서로를 깊이 필요로 한다. 우리가 성인 남녀로서 정체성을 찾고 성숙해지기를 진실로 원한다면 말이다. 하나의 국가를 만드는 것은 극악무도하게 어렵기로 정평이 나 있다. 그러니 굳이 흑인 국가와 백인 국가로 나누어 두 개나 만들 필요가 있겠는가. 그럼에도 이슬람 국가 운동보다 훨씬 더 큰 정치권력을 쥔 백인 남성들은 사실상 몇 세대에 걸쳐 똑같이 그런 주장을 펼쳐 왔다. 그 주장이 버드[10] 상원 의원의 입에서 나왔을 때 존중된다면, 맬컴 엑스의 입에

10 Robert Byrd(1917~2010). 버지니아주 상원 의원으로서 백인 우월주의에 입각하여 인종 분리 정책을 옹호했다.

서 나왔을 때도 존중되지 못할 이유가 없다. 그리고 후자를 조사하고자 하는 국회 위원회가 있다면 반드시 전자 역시 조사해야 할 것이다. 두 사람은 정확히 동일한 정서를 표현하고 동일한 위험을 대표한다. 나를 다스리는 법률의 틀을 잡는 데 백인들이 나보다 유능하다고 추정할 이유는 전혀 없다. 내가 내 나라의 정치에 목소리를 낼 수 없다니, 용납할 수 없다. 나는 미국의 한낱 피보호자가 아니다. 내 선조는 이곳 해안에 최초로 도착한 미국인들이다.

니그로의 과거를 생각해 보자. 밧줄과 불과 고문과 거세와 영아 살해와 강간. 죽음과 모욕. 밤낮으로 골수 깊숙이 스미는 공포. 모두가 말하는 대로 정말 자신에게는 살 가치가 없는 것인가 하는 의심. 그가 보호해야 했으나 보호할 수 없었던 여자들과 친족들과 아이들에 대한 비통함, 분노와 증오. 때로 그와 그가 가진 것들을 배반하고 사랑과 신뢰와 즐거움을 전부 앗아 간 백인에 대한 너무나 깊은 증오. 인간으로서의 정체성과 권위를 손에 넣고 드러내고 확인받고자 했던 니그로의 끝없는 투쟁에는 그 모든 참혹함에도 굴하지 않는 아주 아름다운 무언가가 담겨 있다. 고통에 대해 감상적으로 굴려는 건 아니다. 고통을 많이 받았다고 해서 하등 좋을 것 없으니까. 그러나 고통을 경험하지 못한 사람은 성장하지 못하고, 자신이 어떤 사람인지 발견하지도 못한다. 자신의 인간성과 정체성을 파괴하겠다고 을러대는 잔인한 불길 속에서 매일 스스로를 구해 내도록 강요받는 사람은 이를 견뎌 낸다면, 혹은 견뎌 내지 못하더라도 자기 자신과 인간의 삶에 대하여 교회는 물론이거니와 지상의 어떤 학교도 가르칠 수 없는 것을 알게 된다. 그는 스스로 권한을 획득했고 그것은 견고하다. 자신의 삶을 구하기 위하여 외양 아래 숨겨진 것을 보아야 했고, 아무것도 당연하게 여기지 않아야 했고, 행간에 숨은 의미를 들어야 했기 때문이다. 인생이 줄 수 있는 최악의 것들을 계속해서 견뎌 내는 사람은 공포에 지배당하지 않게 된다. 인생에서 어떤 일이 일어나든 버텨야 하니까. 이만큼 경험한 사람은 비통함에서 나름의 맛을 느끼기 시작하고 증오가 자루처럼 끌고 다니기에는 너무 무겁다고 느낀다. 방금 내가 지나치게 짧고 불충분하게 설명한 인생의 불안함을 니그로들은 수 세대에 걸쳐 겪었다. 그 덕분에 그들은 견뎌 냈다. 그 덕분에 그들이 낳은 아이들은 군중을 뚫고 등교할 수 있었다. 강력하고 냉담한 백인 우월주의라는 요새를 꾸준히 공격하려면 대단한 힘과 꾀가 필요한데, 미국의 니그로들은 아주 오랫동안 그 공격을 해왔다. 증오를 쏟아부으며 당신의 목을 짓밟는 자를 마주 증오하지 않으려면 대단한 영적 회복력이 필요하다. 당신의 아이들에게 증오하는 법을 가르치지 않으려면 그보다도 더 큰 기적에 가까운 통찰과 관용이 필요하다. 오늘날 군중 앞에 서 있는 니그로 소년 소녀들은 이 나라가 낳은 뜻밖의 귀족들, 유일하게 참된 귀족들의 긴 계보로부터 태어났다. 〈이 나라〉라고 말하는 까닭은 그들이 기준으로 삼은 틀이 완전히 미국적이었기 때문이다. 그들은 백인 우월주의의 산에서 자신의 개인성이라는 돌을 쪼아 냈다. 학교 지붕을 바꾸고, 새 책을 사고, 새 화학 실험실을 만들고, 기숙사 침대 수를 늘리고, 기숙사를 더 짓기 위해 뒷길을 터벅터벅 걸어 뒷문으로만 들락거리면서 〈네, 주인님〉, 〈아니요, 마나님〉 하며 지냈던 무명의 흑인 남녀에게 나는 깊은 존경을 느낀다. 그들도 〈네, 주인님〉, 〈아니요, 마나님〉 하며 살고 싶었던 건 아니다. 하지만 나라에서는 니그로를 교육시키는 데 늑장을 부리고 있었고, 이들 흑인 남녀는 어떻게든 일을 성사시켜야 한다는 것을 알았기에 자존심은 제쳐 둔 채 행동에 나섰다. 그들이 뒷문을 열어 주던 백인 남녀에 비해 어떤 식으로든 열등했다고 믿기란 참으로 어렵다. 아이를 키우고 채소를 먹고 욕설을 내뱉고 눈물을 흘리고 노래를 부르고 사랑을 나누고 그렇게 해가 뜨고 지는 세월을 살아간 그들이 해가 진 뒤에야 몰래 기어 나가 호화로움을 누린 백인 남녀에 비해 어떤 식으로든 열등했다고 믿기란 참으로 어렵다. 하지만 우리는 유럽인들과 같은 오류를 범해서는 안 된다. 흑인의 상황과 방식과 통찰이 백인들과 근본적으로 달랐으니 만큼 흑인이 인종적으로 우월했다고 추정해서는 안 된다. 내가 니그로들을 자랑스럽게 여기는 건 피부색 때문이 아니라 그들의 지성과 영적인 힘과 아름다움 때문이다. 이 나라 역시 그들을 자랑스러워해야 마땅하겠으나 아아, 실상은 그들의 존재를 아는 사람조차 별로 없다. 미국인들의 무지에는 이유가 있다. 니그로들이 미국에 살면서 행했으며 지금도 행하고 있는 역할에 대해 알게 되면, 알고 싶지 않은 미국의 실상에 대해서까지 알게 될 것이기 때문이다.

아메리칸 니그로가 가진 유리한 조건 가운데 하나는 백인 미국인들이 고수하는 일단의 미신들을 단 한 번도 믿은 적이 없다는 것이다. 그들의 조상이 자유를 사랑하는 영웅들이었다는 미신, 그들이 최고로 위대한 나라에 태어났다는 미신, 미국인들이 전시에는 무적이고 평시에는 현명했다는 미신, 미국인들이 멕시코인과 인디언과 다른 이웃이나 약자들을 언제나 명예롭게 대했다는 미신, 미국 남성이 세상에서 가장 솔직하고 정력적이며 미국 여성들은 순수하다는 미신. 니그로들은 그런 미신을 믿기에는 백인 미국인들을 너무나 잘 안다. 부모가 — 적어도 어머니가 — 자녀에 대해 알듯이 백인 미국인에 대해 알고 있으며, 어찌 보면 백인 미국인을 자주 자녀처럼 대한다고도 말할 수 있다. 니그로들이 알 만큼 알고 견딜 만큼 견뎠

음에도 지금 같은 태도를 고수하고 있다는 사실은 그들이 최근까지 대체로 증오를 표출하지 않은 이유를 잘 설명한다. 알고 보면 그들의 태도는 백인들을 자기 세뇌에 빠져 정신이 나가 버린 피해자로 일축하는 것이었다. 우리는 백인들의 삶을 지켜보았다. 그들이 실제로 하는 행동과 스스로에게 대는 핑계를 지켜보았다. 백인은 정말로 심각한 문제에 직면할 경우, 니그로의 방문을 두드렸다. 만일 우리에게 백인이 누리는 세속적 이점이 있었더라면 절대 그처럼 당황스럽고 재미없고 무심하다 못해 잔인한 사람이 되지는 않았을 것이다. 니그로가 백인의 방문을 두드리는 것은 머물 곳이나 5달러나 판사에게 보일 편지가 필요해서였다. 백인이 니그로의 방문을 두드리는 것은 사랑이 필요해서였다. 그러나 정작 백인이 다른 이에게 사랑을 주는 경우는 드물었다. 잃을 게 너무 많아서 치러야 할 대가도 컸기 때문이다. 니그로도 그 사실을 알았다. 다른 사람에 대해 이만큼이나 알고 나서는 그를 증오하기가 불가능해진다. 그러나 같은 인간으로서 평등해지지 않는 한 그를 사랑하는 것도 불가능하다.

아이들은 일반적으로 세상의 모든 문제를 자기 것으로 착각하고 따라서 우리도 독차지할 수 있다고 착각한다. 그래서 우리는 백인을 기피하게 된다(아무 니그로나 붙들고 그가 함께 일하는 백인에 대해 아는 것을 말해 보라고 해라. 그리고 그 백인에게 그에 대해 아는 것을 말해 보라고 해라).

아메리칸 니그로의 과거는 어떻게 이용될 수 있는가? 이 치욕스러운 과거가 곧 고개를 쳐들고 우리 모두에게 일격을 가할 가능성도 분명히 존재한다. 예를 들어 아무리 많은 사람들을 잡아넣어도 아메리칸 니그로가 지지하지 않을 전쟁들이 있다(지상에 아직도 전쟁을 일으킬 만큼 미친 사람이 있다면 말이다). 그리고 어떤 정부라도 교도소에 사람을 무한히 집어넣을 수는 없다. 현실적으로 엄연히 한계가 있다. 나는 미국이 지금 도착하는 청구서를 지불할 준비가 되지 않은 것 같아 염려가 든다. 60여 년 전 윌리엄 듀보이스[11]가 적었다. 〈20세기의 문제는 인종 차별의 문제

11 W. E. B. Du Bois(1868~1963). 미국의 저술가이자 흑인 운동 지도자. 근대 흑인들의 학문, 투쟁, 자의식과 문화적 개발을 위해 노력하여 전미 흑인 지위 향상 협회 창설에 참가했다.

다.) 이 두렵고 섬세한 문제는 더 나은 세상을 — 여기서든 다른 어디서든 — 만들고자 하는 미국의 모든 노력을 변질시키거나 타협시킨다. 바로 이것이 백인 미국인들이 모든 믿음을 당장 재검토해야 할 이유다. 사람들이 피부색에 따라 결집하는 일을 다시 보고 싶지 않다. 하지만 우리 서양 사람들이 지금처럼 피부색에 가치를 부여하는 한 일반 대중이 다른 원칙에 의거하여 결집하는 것은 불가능해진다. 피부색은 사람이나 개인의 실체가 아니라 정치적 실체다. 그러나 둘을 구분하는 건 아주 어려워서 서양에서는 아직 이루어지지 못했다. 이 무시무시한 폭풍, 광활한 혼란의 중심에 미국의 흑인들이 서 있다. 그들은 쇠사슬에 묶여 미국에 도착했고, 그때부터 죽 자신을 받아들인 적 없는 국가의 운명을 이제 공유해야 한다. 그렇다면 할 일은 하나뿐이다. 어떠한 위험이라도 — 추방, 투옥, 고문, 죽음마저도 — 무릅쓰고 그 운명을 바꾸기 위해 온 힘을 쏟을 도리밖에 없다. 자녀들을 위해, 자녀들이 지불해야 할 대가를 최소화하기 위해 우리는 어떠한 망상으로든 도피하는 것을 경계해야 한다. 피부색에 부여된 가치는 언제 어디서나 영원한 망상이다. 내가 지금 요구하는 것이 불가능하다는 걸 안다. 하지만 다른 시대에 그랬듯 우리 시대에도 우리는 최소한 불가능한 것을 요구해야 한다. 인간의 보편적 역사가, 특히 아메리칸 니그로의 역사 속 장면들이야말로 불가능한 업적들이 빈번이 이룩된다는 사실을 증언하므로 우리는 대담해질 수 있다.

아주 어렸을 때, 와인과 오줌 얼룩이 묻은 복도에서 친구들을 마주하고 있을 때 나는 궁금했다. 이 모든 아름다움은 결국 어떻게 될까? 우리 흑인들과 백인들 일부는 아직 깨닫지 못한 듯하나 사실 흑인은 매우 아름답다. 일라이자의 식탁에 앉아 아기와 여자들과 남자들을 보았을 때, 신의 — 혹은 알라의 — 복수에 대해 이야기할 때 나는 또 궁금했다. 그 복수가 이루어지면 이 모든 아름다움은 결국 어떻게 될까? 백인 세계의 고집과 무지로 인해 복수는 불가피한 것이 될지도 모른다. 그 복수는 한 개인이나 조직에 의존해 실행될 수 없으며, 경찰력이나 군대로 막을 수도 없다. 역사적 복수, 우주의 복수는 〈올라가면 내려오기 마련이다〉라는 말에 담긴 법칙에 근거한다. 그리고 지금 여기의 우리는 원호의 중심에, 세상에서 가장 요란하고 소중하며 비현실적인 물레방아에 갇혀 있다. 이제 모든 게 우리 손에 달려 있다고 생각해야 한다. 다르게 생각할 권리는 없다. 만약 한 줌밖에 되지 않는 우리가 — 여기서 〈우리〉는 한 쌍의 연인처럼 다른 이들의 의식을 깨우거나 그들에게 의식을 가지라고 요구할 의무를 지닌, 상대적으로 의식 있는 백인들과 흑인들을 가리킨다 — 머뭇거리지 않고 의무를 이행한다면 인종 문제의 악몽을 끝내고, 우리의 나라를 세우고, 세계의 역사를 바꿀 수 있을지 모른다. 그러나 지금 도전하지 않는다면 한 흑인 노예가 성경 구절에서 따온 노래 가사의 예언이 이루어질지어다. 〈신이 노아에게 증표로 무지개를 보이며 가라사대, 지난번은 물이었지만 다음번엔 불이리라!〉

옮긴이의 말

 2020년 봄, 미네소타에서 또 한 번 불길이 시작되었다.

 시발점은 한 사람의 무고한 죽음이었다. 46세의 흑인 남성 조지 플로이드는 위조지폐를 사용했다는 신고를 받고 출동한 경찰에 의해 살해당했다. 수갑을 찬 상태였으며, 경찰에게 저항하지 않았고, 위협이 될 만한 무기 또한 소지하지 않았음에도 백인 경찰은 숨을 쉴 수 없다고 애원하는 그의 목을 9분 가까이 무릎으로 짓눌렀다. 조지 플로이드는 구급차에 실려 이송되었지만 결국 숨을 거두었다. 동영상으로 생생하게 기록된 이 사건 앞에서 흑인들은 분노했으며 사건이 일어난 미니애폴리스에서 시작된 시위는 곧 미국 전역으로 퍼져나갔다. 시위의 표어는 〈흑인의 생명도 소중하다Black Lives Matter〉다. 이 당연한 명제가 유사한 사건이 벌어질 때마다 몇 년째 표어로서 기능하고 있다는 데에서 흑인들이 그동안 견뎌 온 폭력과 억압의 역사를 짐작할 수 있다.

과잉 진압으로 인한 흑인의 사망은 굵직한 사건만 꼽아도 여러 건이다. 〈Black Lives Matter〉 운동의 시발점이 된, 히스패닉계 자경단원에게 추적당하고 총을 맞아 숨진 트레이본 마틴이 있었다. 11차례나 〈숨을 쉴 수 없다〉라고 말했으나 결국 백인 경찰에 의해 목이 졸려 숨진 에릭 가너가 있었다. 장난감 총을 가지고 놀다가 백인 경찰에게 총살당한 12세 소년 타미르 라이스가 있었다. 통계에 의하면 미국에서 경찰에 의해 살해당하는 비율은 흑인이 백인보다 2.5배나 높다고 한다. 앞서 언급한 사건들을 단순한 개인의 불운이 아닌, 제도적 인종 차별로 해석해야 하는 이유다. 가장 공정해야 할 공권력이 폭력이라는 가장 원시적인 수단으로 인종을 차별하는 것은 물론 오늘날에 국한되는 문제가 아니다. 1960년대에 주로 활동한 급진적 성격의 흑인 단체 〈블랙 팬서〉는 경찰의 흑인에 대한 폭력 및 살인 중단을 촉구하는 강령을 발표했으며, 민권 운동 시대의 사진가 스티브 샤피로는 〈경찰은 살인을 멈추라〉라고 적힌 푯말을 든 한 흑인 여성을 기록으로 남겼다.

　미국 전역으로 퍼져 나간 이번 시위의 도화선에 불을 붙인 건 조지 플로이드의 사망이었으나 그 배경에는 코로나바이러스라는 전염병이 유행하는 시대에 의료적, 경제적으로 열악한 환경에 처한 흑인들의 불만이 있었다. 흑인은 미국 인구 중 12.5퍼센트를 차지하지만 2020년 6월 현재 코로나로 인한 사망자 중 흑인의 비율은 23퍼센트나 되며, 코로나로 인한 실업률 역시 타 인종에 비해 높다. 재난은 사회적으로 취약한 위치에 놓인 이들에게서 더욱 빠르게, 더욱 많은 것을 앗아간다. 생명을 위협받고 생활은 방치당한다. 당신은 기껏해야 2등 시민이라는 메시지가 심장에 꽂힌다. 그러니 인종 차별을 금지하는 민권법이 제정되고 꽤 오랜 시간이 흐른 오늘날에도, 미국에서 흑인으로 산다는 것은 당사자가 아닌 이들의 〈피해 의식〉 따위로 가볍게 무시될 경험이 아니다. 우리가 미국 흑인들이 쏟아 내고 있는 격렬한 분노를 우리의 잣대로 판단해서는 안 될 이유다. 제임스 볼드윈의 말을 빌리자면, 〈그들은 할렘을 모르고, 나는 안다.〉 그러니 이제는 아는 사람의 목소리에 귀를 기울여 볼 때다.

흑인의 목소리를 듣기에 반세기도 더 전인 1963년에 출간된 이 책은 여전히 유효하다. 〈Black Lives Matter〉 운동을 이해하기 위한 독서 목록에 빈번히 호출되는 이 책이 지금까지도 울림을 일으키는 것은 제임스 볼드윈이 시대에 한정되는 구체적인 정책이나 선동적인 분노가 아니라, 진솔한 인간적 경험을 토대로 인종 문제에 대한 깊은 이해를 이야기했기 때문이다. 50년이 넘는 세월이 흐르는 동안 정권이 바뀌고 인종 평등을 위한 여러 정책들이 펼쳐졌음에도 흑인이 구조적으로 차별당하는 현실은 본질적으로 변하지 않았다. 제임스 볼드윈 역시 이 책에서 열 살 적백인 경찰에게 조롱과 폭력을 당한 경험을 털어놓았다. 백인들의 세상에서 흑인으로 살아가며 절감하는 미묘하거나 노골적인 제약들, 그것들이 낳는 고통을 적었다. 그가 겪은 미국 사회는 〈가능한 한 여러 가지 방식으로 잔인할 만큼 대놓고 너를 쓸모없는 인간이라고 부르는 사회〉였다. 이것은 과장이 아니라고 볼드윈은 거듭 말한다. 그가 그리는 현실이 쉽사리 믿기 어려울 만큼 참혹하기 때문이다.

『단지 흑인이라서, 다른 이유는 없다』는 두 편의 에세이로 구성된다. 「나의 감옥이 흔들렸다」에서 제임스 볼드윈은 조카에게 애정 어린 말투로 백인들의 사회에서 굳건히 살아남기를 당부한다. 단지 흑인이라는 이유만으로 겪어야 하는 일들은 〈네 열등함의 증표가 아니라 그들의 비인간성과 두려움의 증표〉라고 상기시키며 〈수용〉과 〈통합〉이라는 단어의 이면을 보라고, 사실 백인과 흑인 중 상대를 〈수용〉해야 할 주체는 백인이 아닌 흑인이라고 말한다. 백인이 흑인에게서 자유로워져야 흑인 역시 자유로워질 수 있다는 것이다. 흑인을 백인보다 열등한 존재, 백인에게 인정받아야 하는 존재로 여기는 뭇 사람들의 정신을 일깨우는 전복적인 주장이다.

「십자가 아래에서」에서 제임스 볼드윈은 개인적으

로 기독교와 이슬람 민족 운동이라는 두 종교를 겪으며 느낀 한계를 이야기하고, 종교에서 찾지 못한 인종 문제의 해법을 제안한다. 볼드윈은 교회에 다니고 소년 목사로 활동하기까지 했으나 성경이 백인에 의해 쓰였으며 종교란 권력을 축성하기 위한 것임을 깨닫고 교회의 위선에 질려 떠난다. 세월이 흘러 유명한 흑인 연사가 된 그는 흑백 분리를 주장하는 이슬람 국가 운동(〈블랙 무슬림〉이라고도 부른다)의 수장 일라이자 무함마드의 초대를 받아 그와 대화를 나눠 보지만, 흑인의 우월성을 주장하고 백인을 악마로 모는 교리가 흑인을 죄인 취급하는 기독교의 교리와 본질적으로 다르지 않다는 것을 발견한다. 볼드윈이 찾은 답은 분리와 증오를 이야기하는 종교의 선동과는 다르다. 그는 흑인 국가의 독립이나 백인에 대한 복수를 요구하지 않는다. 오히려 제임스 볼드윈에게 흑인과 백인은 건강한 국가를 이루기 위해 서로를 연인처럼 필요로 하는 존재들이다. 그는 사랑으로써 우리의 눈을 가린 가면을 벗고, 미국이 흑인과 백인 둘 다로 구성된 국가라는 사실을 있는 그대로 받아들여야 한다고 말한다. 그것이야말로 현실을 바꿔 나갈 수 있는 시발점으로서 인종 분리보다 더 실질적인 해법이라는 것이다.

제임스 볼드윈은 흑인이자 동성애자였고, 교회를 나온 뒤 어느 종교에도 속하지 않았으며, 조국인 미국을 떠나 프랑스에서 국외자로 살았다. 이렇듯 다양한 층위에서 소수자였던 그는 누구보다도 현실을 예리하게 인식할 줄 알았다. 그가 말하는 인간적 사랑이라는 해법이 마냥 순진한 소리로 들리지 않는 이유다. 제임스 볼드윈은 조롱받았고 무시당했지만 도리어 조롱하고 무시하는 사람들의 마음속 약점을 꿰뚫어 보고, 그들을 사랑으로 포용하고 현실을 바꾸자고 말한다. 그것이 그가 작중에서 말하듯 고통을 견뎌 낸 자들만이 갖게 되는 성숙한 태도일지도 모르겠다.

이 책과 책에 실린 두 편의 에세이의 제목은 전부 노랫말에서 딴 것이다. 「나의 감옥이 흔들렸다」는 흑인 영가 「마침내 자유Free at Last」에서, 「십자가 아래에서Down at the Cross」는 동명의 찬송가에서 따왔다. (한국에서는 〈구주의 십자가 보혈로〉라는 제목으로 알려져 있다.) 책의 원제인 〈다음번엔 불이리라The Fire Next Time〉는 흑인 영가 「울지 마요 마리아Maria Don't You Weep」의 가사에서 따왔다. 남북 전쟁 이전으로 거슬러 올라가는 이 노래는 다른 영가들이 그러했듯 백인에게 예속된 흑인 노예들에게 위안을 주었다. 가사는 구약의 엑소더스 이야기를 들려준다. 이스라엘인들은 이집트에서 노예 신분으로 살다가 모세의 인도를 따라 탈출하는데, 그들의 앞을 홍해가 가로막는다. 눈앞에는 바다, 등 뒤에는 파라오의 군대라는 진퇴양난의 상황에서 이스라엘인들은 절망한다. 그때 모세가 바다를 가르고 따라오는 이집트군을 바다가 집어삼킨다. 신이 억압받는 자들을 자유로 인도한다는 가사로 인해 이 노래는 노예 해방이 이루어진 뒤인 1950년대 민권 운동가들에게도 용기와 영감을 주었다. 이 책 역시 지금까지도 미국의 인종 문제에 관심을 쏟는 이들에게 용기와 영감을 주고 있다. 미국 정부가 이번 시위에 대처하는 태도는 참담하다. 분열을 조장함으로써 권력을 공고히 하는 방식으로 정치를 해 온 트럼프 대통령은 시위 진압에 연방군 투입을 고려했다고 한다. 경찰은 시위를 취재하던 CNN 소속 흑인 기자를 생방송 중 합당한 이유 없이 체포했다. 노예 해방 1백 주년을 맞아 쓴 글에서, 노예 해방을 정말로 기념하려면 1백 년은 더 지나야 할 것이라고 적은 볼드윈의 문장이 와 닿는 시점이다. 그러니지금 더 늦기 전에 억압된 자들의 외침을 들어야겠다. 그들이 피부로 살고 있는 현실을 똑바로 직시하고 힘을 모아 바꿔 나갈 수 있도록. 다음번엔 불이 있으리라는 이 책의 마지막 문장은 분노에 찬 경고보다는 슬픈 예언처럼 느껴진다.

2020년 여름
박다솜

옮긴이 **박다솜** 서울대학교 언어학과를 졸업했다. 옮긴 책으로는
『듣는 법, 말하는 법』, 『관찰의 인문학』, 『여자다운 게 어딨어』, 『원
더우먼 허스토리』, 『나다운 페미니즘』, 『죽은 숙녀들의 사회』, 『매
일, 단어를 만들고 있습니다』, 『불안에 대하여』, 『만만찮은 여자
들』, 『뮤즈에서 예술가로』 등이 있다.

단지 흑인이라서, 다른 이유는 없다

발행일   2020년 7월 20일 초판 1쇄

지은이   제임스 볼드윈
옮긴이   박다솜
발행인   홍지웅·홍예빈
발행처   주식회사 열린책들

경기도 파주시 문발로 253 파주출판도시
전화 031-955-4000 팩스 031-955-4004
www.openbooks.co.kr

Copyright (C) 주식회사 열린책들, 2020, *Printed in Korea.*
ISBN 978-89-329-2041-2 03840

이 도서의 국립중앙도서관 출판예정도서목록(CIP)은 서지정보유통지원시스템 홈페이지(http://seoji.nl.go.kr)와
국가자료공동목록시스템(http://www.nl.go.kr/kolisnet)에서 이용하실 수 있습니다.(CIP제어번호: CIP2020026710)